×3
「我要三副盔甲。一副拿來穿，一副備用，
副是備用不見時的備用。」
「等一下——！
盔甲不用這麼多吧！」
這個勇者明明超TUEEE強卻過度謹慎 1

賽爾瑟烏斯
肌肉結實的劍神。
受阿麗雅之託
訓練聖哉。
莉絲妲黛
新手廢柴女神。
為拯救蓋亞布蘭德而召喚聖哉。
艾魯魯
有龍族血統的魔法師。
替聖哉拿行李的跟班二號。

雅黛涅拉
看起來不像女神的軍神。
教授聖哉劍技。
龍宮院聖哉
謹慎到超乎想像的勇者。
受到莉絲妲召喚。
馬修
有龍族血統的戰士。
替聖哉拿行李的跟班一號
阿麗雅朵亞
資深女神。
莉絲妲的前輩。

「一切準備就緒。」
Ready perfectly

這個勇者明明超TUEEE強卻過度謹慎

作者 土日月
插畫 とよた瑣織

1

Kadokawa Fantastic Novels

彩頁、內文插畫／とよた瑣織

This Hero is Invincib but "Too Cautious"

序章　女神的苦惱

「這次負責救世難度S級的世界『蓋亞布蘭德』的女神是莉絲妲黛！」

跟人類居住的世界處於不同次元的這裡——統一神界的神殿裡正響起如雷掌聲。強壯的男神和美麗的女神鼓掌的對象——就是我。

「這是很有成就感的工作呢！加油喔，莉絲妲！」

「太棒了，莉絲妲！只要過了這一關，妳也是能獨當一面的女神了！」

面對前輩們的鼓勵，我露出僵硬的笑容。

——難度S級……騙人的吧……？

我莉絲妲——莉絲妲黛是在大約一百年前，誕生在統一神界的女神。在這之前，我曾經從地上召喚勇者，拯救了陷入苦難的世界五次。

不過跟其他資深的神相比，五次算是非常少。其他男神和女神召喚勇者，拯救地上世界的經驗平均有幾十次，多的人甚至高達數百次。順帶一提，難度S的世界可怕得連那些經驗老道的神都會裹足不前。因為統治那種世界的壞人，據說擁有跟統一神界的神不相上下的力量。

回到我在神殿裡的房間，我跟平常一樣，先拿起限定來自名為地球的行星，且年紀較輕的日本人的候選人名單。從第三次勇者召喚開始，我都固定召喚日本的年輕人。順帶一提，我第一次召喚的勇者是火星人，第二次是南非內陸的土著，兩個人都花了整整一個月才搞懂這個系統。

就這一點上，由於穿越或轉生到異世界的書在日本似乎很受歡迎，那些勇者馬上就能了解我們的目的，非常輕鬆。這股一時的熱潮雖然逐漸退燒，不過異世界在日本還很熱門，振奮了市場……呃，我到底在講什麼？看來我很累了。

會累也是當然的。從我進房間以後，就一直獨自瀏覽著堆積如山的候選人清單。我臉泛油光，眼下有了黑眼圈，腳還抖個不停。那頭讓我引以為傲，好不容易梳得整整齊齊的金色長髮也變得凌亂不堪。

即使如此，我仍犧牲女神的美貌，注視著我從桌上堆積如山的文件中，好不容易挑選出的兩份資料。

首先是第一份。

佐佐木篤士
Lv：1
HP：101　MP：0
攻擊力：55　防禦力：37　速度：28　魔力：0　成長度：6
耐受性：無
特殊技能：無
性格：普通

……一看就知道是戰士型的。雖然沒有魔力，攻擊力卻很高，而且相對於其他候選人資料上的初期HP都是兩位數，他卻是三位數「101」。

接著是第二份。

鈴木夕子
Lv：1
HP：65　MP：47
攻擊力：18　防禦力：29　速度：20　魔力：72　成長度：7

耐受性：水

特殊技能：火焰魔法（LV：1）

性格：普通

……這是典型的魔法師類型。一開始就能用火焰魔法，再加上對水有耐受性，給我的印象也不錯。

好，要佐佐木還是鈴木，鈴木還是佐佐木？真想乾脆兩個都帶去，但一個世界只能召喚一名勇者。

啊啊，鈴木、佐佐木、佐佐木、鈴木、鈴木、佐佐木……不過這兩個名字還真像呢，感覺不管選哪一個都無所謂了……

我把應該精挑細選過的兩份文件放在桌上，大大地嘆了一口氣。

『好想趕快累積更多經驗，成為上位女神啊！』

雖然我平常的確會對前輩諸神這麼說，但就算如此，事情也不該變成這樣啊。坦白說，如果是我之前經歷過的難度D和C的世界，不管是佐佐木還是鈴木都不成問題。然而，這次是難度S的蓋亞布蘭德，選擇時一定要非常非常謹慎才行。

我越想越覺得鈴木和佐佐木都不是恰當的人選。

——既、既然這樣，要再把名單全部看過一遍嗎？說不定有看漏了……

但是，我看著那座高聳的文件山，忽然感到頭暈。當我咚地一聲趴倒在桌上，堆積起來的文件朝我的頭上倒下來。

「呀啊啊啊啊啊啊啊啊！」

我發出不像女神的慘叫聲後，被埋在資料堆裡。

我忿恨地用手揮掉蓋在我頭上的文件，卻有張資料黏在我頭髮上，一直拿不下來。

「是怎樣啦，真是的！」

我焦躁地看著那張被取下的資料。

……然後懷疑起自己的眼睛。

龍宮院聖哉

Lv：1

HP：385　MP：197

攻擊力：124　防禦力：111　速度：105　魔力：86　成長度：188

耐受性：火、冰、風、水、雷、土

特殊技能：火焰魔法（Lv：5）　獲得經驗值增加（Lv：2）

性格：謹慎到超乎想像

「……啥？」

咦、咦、咦？等一下，這是什麼？明明才等級1，能力值怎麼會這麼驚人？是過勞造成的幻覺嗎？是壓力引起的妄想嗎？我揉揉眼睛，直盯著資料看都快看穿了，但上面寫的數值沒有變化。

——我、我從沒看過有這種能力值的人！奇才！這絕對是奇才！而且還是百萬人……不，一億人中才有一個的奇才！

我握緊文件，跑出房間，前往大女神伊希絲塔大人的所在處……

完成申請後，我懷著雀躍的心情前往勇者召喚之間。

起初知道要負責難度Ｓ的蓋亞布蘭德時，我覺得自己太過倒楣，詛咒過自己的命運。不過……沒想到能遇上從初期狀態就強成這樣的勇者！如果是他，就算是蓋亞布蘭德也一定能馬上攻略！而我又朝成為大女神的目標邁進一步！哎呀，我怎麼這麼幸運啊！

我踩著小跳步走過大理石通道。

這時，我的目光全被名字很帥的日本人「龍宮院聖哉」的能力值奪走，因此害我漏看了某個項目。應該說，是看到了，只是我並沒有很在意。

「性格——謹慎到超乎想像」。

召喚完勇者後，我馬上就對此感到後悔了。

第一章　但是我拒絕

打開那扇雙開門，出現一個地板是白的，天花板也是白的，放眼望去一片純白的空間。雖然這裡是位在神殿中，半徑範圍卻有數公里，非常廣大。

我從門邊往裡面走了十幾步後停下腳步，從洋裝的胸口處掏出金色粉筆，在地板上畫出魔法陣，接著高聲唸出要召喚的勇者之名。都來到第六次，我也很熟練了。

不久後魔法陣發出光芒，將一名男子從地上世界召喚過來。

我一看到那個男子……立刻用手梳好凌亂的金髮，挺直腰桿。

——討、討厭……！長得非常帥……！

身高超過一百八十公分，清爽的黑髮下是英氣凜然的臉龐。雖然T恤配牛仔褲是那個世界的人類普通的打扮，但他穿起來一點也不普通。他身上散發出的氣息非常神聖，足以媲美統一神界的男神。

——啊，就算只有一次也好，真想跟這種男人談一場火熱的戀愛啊……不對，我、我在想什麼啊！女神禁止跟人類談戀愛啊！

我在心中搖搖頭。不過這人類很有魅力，讓我差點忘了身為女神的戒律。

但我發現那名男子僵在原地，一直盯著我的臉看。這也難怪，突然從日常生活中被叫到一片純白的房間裡，任誰都會感到困惑。

我展現出女神的威嚴，向男子開口：

「幸會，我叫莉絲妲黛，是住在這個統一神界的女神。我基於某個原因，把你從地上召喚到這個次元。聽好了，龍宮院聖哉，你就是能將異世界『蓋亞布蘭德』從魔王的魔掌中拯救出來的勇者。」

我說完後「呵呵呵」地微笑，聖哉卻還是僵在原地盯著我看。與其說是對我的話感到吃驚，更像是看我看呆了。

哎呀，我自己說也很那個，但我是女神，說白一點就是好女人。一頭亮澤的美麗金髮、從純白洋裝的領口隱約可見到豐滿上圍、纖纖細腰及細長美腿。這個叫聖哉的男子應該是至今從沒見過這麼完美的女人，因為我的美貌而啞口無言了吧……當我在心中暗自竊笑時，聖哉終於用低沉的嗓音開口：

「突然被來路不明的怪胎這麼說，妳想我會相信嗎？」

「！『來路不明的怪胎』是指我嗎！」

我恢復本性，放聲大叫。不、不行！威嚴！我得保持身為女神的威嚴！

「咳！」我咳了一聲，冷靜地說：

「我不是來路不明。我再說一次，我是女神，是召喚你這個勇者的天上女神。」

「妳說妳是女神吧。如果真的是神，自己去救那個叫什麼的世界就好了吧？」

「這、這是有規定的。神希望人類靠本身的力量繁榮起來，創造出了無數的地上世界，所以拯救人類世界的一定要是人類才行。」

聖哉大嘆了一口氣。

「我沒有拒絕權嗎？」

「沒有那種東西。」

接著，聖哉用看到髒東西的眼神看我。

「真自私。」

聖哉旁若無人的態度讓我原本覺得「這個人好帥！」的心情越來越冷卻了。

這、這孩子好像怪怪的。一般來說，大部分的人聽到自己被選為勇者，都會很開心……算了，沒關係，他突然受到召喚，心裡很焦急不安吧？這時候就要用這一招！

我一點一點地逼近聖哉，率直地說：

「嗳！你先大喊『能力值（Status）』看看！」

呵呵呵！沒錯，這個，就是這個！這一招會讓大部分的日本人嗨起來！

「為什麼？」

「奇、奇怪？你不知道嗎？你很少玩遊戲嗎？算了，沒關係，只要你喊『能力值』，就能將你的能力以數值呈現喔！百聞不如一見！總之你喊喊看！」

但聖哉沉默片刻後這麼說：

「……屬性(Property)。」

「屬性？」

不，我是說「能力值」吧！為什麼要喊「屬性」？再說，「屬性」是指什麼？真、真是莫名其妙！

聖哉看著在眼前展開的視窗，點點頭。

「喔，這上面的確寫著只有我才知道的資訊，看來妳那番可疑的話也多少有點可信度了。」

……你從剛才就對女神很沒禮貌耶！

「我、我們就別管什麼屬性了，快點說能力值看看啦！好嗎？好嗎？拜託啦！」

在我的懇求下，聖哉不情不願地喃喃說出「能力值」。這時同樣跳出一個立體視窗。這次我也從聖哉背後查看他的能力值。

「怎樣？你明白了嗎？這真的是非常不得了的能力值喔！比一般勇者還強上好幾倍！聽好了，你可是一億人中才有一個的奇才！能打倒蓋亞布蘭德中強大魔王的人是龍宮院聖哉！只有你了！」

我努力炒熱氣氛，聖哉臉上卻不見一絲喜色。他一副心不在焉的樣子，用跟我完全相反的陰沉表情問道：

「順帶問一下，如果我在那個世界死了會怎樣？」

「你、你還真悲觀呢……不過放心吧！你只會回到原本的世界而已！但之後就不能再回到這個世界了……」

他哼了一聲。不管說什麼問什麼，他都一臉無趣。

這時，我也隱約感覺到了，這孩子一定是不到現場就沒有實感的類型。既然如此……

「聖哉！等一下我再慢慢解釋！總之，我們先去蓋亞布蘭德看看吧！」

我立刻詠唱咒語，讓通往蓋亞布蘭德的門出現在面前。

我一邊打開門，一邊對聖哉說：

「龍宮院聖哉！跟我一起去吧！現在蓋亞布蘭德的命運就掌握在你的手中！」

「我拒絕。」

「來吧，那到底會是什麼樣的世界呢？真讓人充滿期待……咦，等一下，咦？咦？你、你剛才說什麼？」

「我說我拒絕。竟然突然叫我毫無準備地去那麼危險的世界，妳想我會去嗎？」

「可、可是，你的能力值比普通人高上很多，而且我在蓋亞布蘭德也會變成人類，一直在你身邊輔助你，所以你可以放心——」

「妳不是說人類世界的事，要靠人類自己來解決嗎？反正就算有妳跟著，大概也幫不上什麼忙吧？」

「真、真沒禮貌！我是女神喔！不但絕對不會死，當你受傷時，我也能用治癒魔法幫你回復喔！」

「妳看吧，只能在背後輔助，對拯救世界沒多大的用處。」

唔！你面對女神這是什麼態度！真、真想揍他一頓！

但聖哉冷漠如冰的眼神注視我。

「既然不能拒絕，那至少讓我準備。」

「準、準備？你所謂的準備到底是……？」

第二章　一切準備就緒

「那孩子真——的很怪！」

「……那結果呢？」

我在前輩女神——阿麗雅朵亞的房間裡發牢騷。紅髮的阿麗雅比我高，是擁有成熟魅力的妙齡女神，也是至今召喚勇者到超過三百個世界的箇中好手。

「他說要做準備，從那之後就一直在召喚之間獨自做訓練！太誇張了吧？一般來說，像那種一片白的房間會想趕快出來吧？想馬上看看異世界吧？但是他！」

阿麗雅聽了後呵呵輕笑。

「莉絲姐，妳攻略的是難度S的世界蓋亞布蘭德。有像他那麼謹慎的勇者，或許反而比較好喔。」

「就算這樣，該說是浪費時間嗎？直接去當地跟怪物作戰，升等速度絕對比較快啊。」

「有什麼關係，妳也不用那麼緊張。包含召喚之間，整個統一神界的時間與地上相比非常緩慢，就讓他待到滿意為止吧。」

「……唉，我想更普通地進行冒險就是了。」

阿麗雅冷靜地啜飲紅茶。比我資深又穩重的阿麗雅依然微笑地說：

「總之莉絲妲，妳必須從旁協助他才行。既然他現在在召喚之間訓練，妳就應該照顧他。」

「照顧？」

「妳有在那個空無一物的房間裡，幫他設置廁所、淋浴間和床鋪嗎？他肚子也應該餓了吧？」

「啊……！聽、聽妳這麼一說……！」

我連忙跑出房間時，阿麗雅朝我的背影說：

「還有莉絲妲，他或許是不喜歡像神一樣高高在上的態度。遇上這種孩子，妳最好更敞開心胸，像朋友一樣對待他喔。」

不愧是資深的阿麗雅。我對她說了句「謝謝」後關上門，在大理石通道上狂奔。

「聖哉！抱歉，我丟著你不管……呃……」

我大大敞開召喚之間的門後，看到聖哉裸露上半身，正在做仰臥起坐。他身上冒出斗大的汗珠，模樣很撩人，令我忍不住看呆了。

而聖哉瞪著這樣的我。

「喂，進房間前不會先敲門嗎？」

「對、對不起。」

話說，這裡是召喚之間耶！不是你的房間！

我強忍想這麼說的衝動，把帶來的飯糰放在聖哉面前。

「呃，那個，你肚子餓了吧？我姑且幫你做了點吃的。」

「……這是？」

我微微一笑。

「聖哉是日本人吧！我其實對日本很了解喔！你看，是飯糰！這個是包梅子，這個是包鮭魚——」

我才說到一半，聖哉瞪著我做的飯糰，哼了一聲。

「是來路不明的人所做的來路不明的東西嗎？」

「！沒禮貌也該有個限度吧！」

「妳先吃。」

「什！」

「這裡面說不定有毒。」

……聽了阿麗雅的話後，我做了反省，決定要對他溫柔一點，所以才做了飯糰。可是，我現在氣到不行。

「才沒有毒呢！你這白痴！再說，我有理由對你下毒嗎！」

我煩躁地咬下一口鮭魚飯糰。

「你看！沒問題吧！真是的，不敢相信！我明明努力為了你做飯！」

「嗯，看來沒有速效性的毒……吧？」

「就說了，不管是速效性還是遲效性的毒，我都沒放啦！」

我用女神不該有的粗魯口吻對聖哉吼道。

「再說，我先聲明！你在這房間裡只靠仰臥起坐、伏地挺身這種自主鍛鍊，也沒辦法讓能力提高多少！」

我喊完後使出女神之力，瞬間創造出簡易廁所、簡易淋浴間和簡易床鋪，然後把呼叫鈴塞進他手裡。

「如果準備好了，就用這個呼叫鈴通知我！我一天會供應三餐，飯會從門下面送進來！在呼叫鈴響起前，我再也不會靠近這個房間！」

「好，就這麼辦吧。」

我用力關上召喚之間的門。

接著在走廊上踩響腳步聲，走向自己房間。

——什麼啊，那傢伙！隨便他愛怎樣就怎樣吧！反正人類不可能在那種空無一物的房間裡生活！再過兩三天，他一定會受不了！

……然而，聖哉完全沒按下呼叫鈴。過了四天後，我開始懷疑他是不是死了，不過送進去的飯糰姑且都有吃完。

明明是自己說「不會靠近」，但我還是很在意，不時會把耳朵貼在召喚之間的門板上，為聖哉擔心。

……過了一個星期後，我交給聖哉的呼叫鈴終於響了。

我連忙趕到召喚之間，打開門。這時，聖哉似乎剛沖完澡，身上散發出肥皂的香味。

「怎、怎樣？訓練的成果如何？」

我一問，聖哉只低喃說出「能力值」，讓立體視窗展開。看到能力值後，我小聲地呻吟。

龍宮院聖哉

LV：15

HP：2485　MP：1114

攻擊力：533　防禦力：507　速度：623　魔力：499　成長度：341

耐受性：火、冰、風、水、雷、土、毒、麻痺、睡眠

特殊技能：火焰魔法（LV：9）　獲得經驗值增加（LV：3）　能力透視（LV：

5）
特技：原子分裂斬（Atomic Split Slash）
地獄業火（Hell Fire）
性格：謹慎到超乎想像

「只、只靠自主訓練，就讓等級升到這麼高……！」

大概是受到特殊技能「獲得經驗值增加」的影響，不過成果也超乎想像的好。坦白說，憑這種能力值，就算是和我以前負責的難度D世界的魔王也好，或許都能一較高下了。

當我正驚訝不已時，聖哉若無其事地說：

「我本來想把等級練滿。」

「呃，你是打算在這間房間待上一輩子嗎！就算異空間的時間過得很慢，也是有限度的！這樣已經夠了啦！我們趕快走吧，去蓋亞布蘭德！」

我喊完後，聖哉靜靜地點點頭。

「說的也是……」

在召喚之間的純白空間中，聖哉凝視著某個遠方，喃喃開口：

「一切準備就緒（Ready perfectly）。」

這、這句台詞是怎麼回事？耍什麼帥！不必說這種話啦！

「總之，我們趕快走啦！真是的！」

我用咒語再次叫出通往蓋亞布蘭德的門，接著硬拉起聖哉的手，往門裡走去。

我們終於前往蓋亞布蘭德——比預定晚了一個星期。

第三章　前往艾多納鎮

我和聖哉穿過門，來到草原地帶。雖然是草原，不過在僅僅十公尺外就有一座幽靜的小鎮。一如我事先請大女神伊希絲妲大人調整過的一樣，我們從最佳位置啟程了。

我們走出門後，聖哉看著門如溶化般消失在空間中。我拍拍他的背催促他：

「走吧！總之，我們去那個城鎮買齊裝備！」

聖哉看似有話想說，而我拉起他的手走向城鎮。

一塊木頭看板豎立著，上面寫著「歡迎來到艾多納鎮！」。我們經過看板，走在沒有鋪裝的道路上，跟打扮像農夫的人擦身而過。這裡與其說是城鎮，更像是村莊，有種田園的氣息。

「嗨，是旅人嗎？你們好啊。」

有農家的人親切地向我們打招呼。我笑著點頭，聖哉卻露出狐疑的表情。等那位男性走遠後，聖哉悄聲問我：

「喂，剛才那個是怪物嗎？」

「那、那是鎮上的人啦……看就知道了吧……」

「表面上是這樣沒錯，但說不定是怪物變成的。」

「你想太多了啦……」

我們再往前走，一個年約六歲的小女孩從前方走來。梳著兩根辮子的小女孩看到我，就露出滿臉笑容。

「哇啊！大姊姊，妳好漂亮喔！好像女神一樣！」

「呵呵，瞞不過純真孩子的眼睛呢。」

我心情大好，摸了摸那女孩的頭。女孩接著看向聖哉。

「大哥哥雖然穿得很奇怪，不過也很帥呢！」

她放開我，跑去抱住聖哉的牛仔褲。我看到聖哉一臉困擾，有些想笑。

「哎呀，對小孩不說難聽的話啊。」

聖哉聽到我的挖苦，只短短地呼出一口氣。女孩抬頭仰望聖哉。

「大哥哥，你叫什麼名字？」

「……」

「嗳～嗳～你叫什麼名字？」

「……聖哉。」

「喔～！我叫妮娜，請多指教！」

我是想再多看一會兒聖哉和妮娜的互動，不過我們也不能太悠哉。

「我問妳喔，妮娜，這個城鎮的武器店在哪裡？」

「喔，武器店呢～從這裡往前走就到了！」

「這樣啊！謝謝妳喔！」

跟妮娜揮手道別後，我們照她說的一路前進。不久後景色開始改變，出現商店林立的熱鬧大街。我和聖哉在招牌上畫有劍的店門前停下來。

我把小袋子拿給聖哉。

「來，這是我給你的禮物。有了這些，就能在這鎮上買齊最好的裝備了。」

這是這個世界的硬幣，其實也是我事先向大女神伊希絲妲大人要求的。聖哉收下小袋子，在店裡逛了一圈後，從袋裡掏出所有金幣，拿給身材微胖的中年店主。

「那麼，這個鋼甲給我三副。」

「好喔！」

看到老闆準備拿出三副盔甲——

「等一下——！」

我全力阻止他，並朝聖哉吼道：

「盔甲不用這麼多吧！」

「不，需要。一副拿來穿，一副備用，還有一副是備用不見時的備用。」

這與其說是謹慎，更像是有病。有哪個世界的勇者會拿所有金幣來買三副同樣的盔甲？

「我來選就好，聖哉你不要動！」

「真是任性的女人。」

我買了鋼劍和鋼甲，當然是各一個。之後我硬逼聖哉當場穿上裝備。聖哉的個子高，體格也很好，穿起來有模有樣，外觀已經很有戰士的架式。

離開武器店時，聖哉主動走進隔壁的道具店。聽完店主的道具說明後……

「我要十個煙幕彈、二十份藥草，解毒草也一樣數量。」

聖哉把剩下的錢全拿來買道具。這次買的東西比武器和防具便宜，所以我沒有阻止，不過走出店裡後姑且問了一下。

「呃～不用準備得這麼周到吧？」

「這附近不知道有什麼凶惡的怪物，當然要準備好了。」

「不不，這一點你可以放心。別看我這樣，可是經驗豐富的引導員喔。我是讓你從適合當起點的城鎮出發，這一帶的怪物都很弱喔。」

「是這樣嗎？」

就在這時……

「沒錯！不用擔心！就連我也不怕喔！」

突然從腳邊傳來耳熟的聲音。我往下一看，剛才遇到的雙辮女孩妮娜滿臉笑容。

「連我也可以一個人走到隔壁鎮喔！因為這附近只有史萊姆啊！」

看來妮娜有聽到我們的對話。我摸摸她的頭，並對聖哉冷眼以待。

「看吧，連這麼小的孩子都說沒問題，你稍微放心了吧？」

「咦～大哥哥看起來這麼強，卻很怕到城鎮外面嗎？」

「沒錯，這個大哥哥非常膽小喔。」

我本來只想順便取笑聖哉，沒想到妮娜比我想的還單純。她從衣服口袋裡拿出用布做的押花袋，交給聖哉。

「那麼，這個給你！這是護身符！給大哥哥吧！」

聖哉收下押花袋，目不轉睛地盯著看。

「這該不會是受到詛咒的道具吧？」

「嗯？大哥哥你說什麼？」

我連忙用手摀住聖哉的嘴。

「妳、妳不用在意！這個大哥哥有點生病了！沒錯，是心病！」

這時，有個男人在妮娜背後大喊：

「妮娜！妳在做什麼！」

「啊，是爸爸！東西買完了嗎？」

妮娜的父親看起來很和善，對我們低頭行禮。

「抱、抱歉，小女剛才沒對兩位做什麼失禮的事吧？」

「沒有沒有，怎麼會呢。對吧？」

我對聖哉使了眼色，他別過頭……

「對，完全沒有。」冷冷地說。

喔～他也不是那麼惹人厭的傢伙嘛……那時，我的確是這麼想的。

第四章　第一隻怪物

買到武器、防具及品質非常精良的裝備品後，我們走出小鎮，在草原地帶上前進。這當然是為了讓聖哉跟怪物戰鬥。

聖哉原本很不情願，說著：「用不著特地去打吧……」不過聽到連妮娜也沒問題後，大概是自尊心不容許，在那之後他沒多說什麼，默默地跟著我走。

之後，我們馬上發現目標了。

現在我們眼前有隻Q彈的水藍色生物，正在草叢中不斷顫抖。

「聖哉，你看！那就是怪物！」

「哦？好奇怪的生物，是基因改造出來的嗎？」

「那是魔物啦！是史萊姆！你沒在遊戲裡看過嗎？」

我看到聖哉搖頭，受到不小的驚嚇。

竟、竟然不知道史萊姆……原來也有這種日本人……

「聽好了，聖哉，史萊姆看到人類就會以飛撞攻擊。如果被擊中，黏液會溶解皮膚，但馬上甩掉就沒什麼大礙。事實上，成人拿棍棒就能打倒它，是非常弱的怪物……咦……？」

我睜大眼睛。聖哉從劍鞘中拔出鋼劍，開始靜靜吐出氣息，發出「轟——」的聲響。握在他手上的鋼劍呼應聖哉的呼吸發出光芒，四周的空氣也震動起來。

「接招吧……！原子分裂斬……！」

聖哉才剛說完，下一秒就一劍砍向史萊姆！

類似爆炸的轟鳴響和衝擊波襲來！史萊姆所在的地面同時裂開！

「咦咦咦咦咦咦咦咦咦！」

捲起的狂風吹亂我的頭髮。我朝聖哉大喊：

「等、等一下！只是對付一隻史萊姆，用不著這樣——」

但聖哉還是伸出沒拿劍的左手，指著剛才有史萊姆，現在卻空無一物的地方。

「還不行……！它說不定還活著……！」

聖哉的左手被鮮紅的火焰包裹住。

「地獄業火……！」

他一喊完，左手射出魔法火焰，在原本有史萊姆，但現在空無一物的空地附近擴散，讓整片草原瞬間化為焦土。

「就說了，史萊姆已經消失了啦——！」

我大喊，聖哉卻沒在聽。

「不……還不行……！還不能放心……！」

他再次架起劍。

咦咦？聖哉目前能使用的特技只有兩個才對！他、他到底想幹嘛！

這時，再度傳來「轟——」的呼吸聲。劍發出光芒，周邊的空氣開始震動。

「原子分裂斬！」

「！又用了原子分裂斬啊啊啊啊啊！」

再次響起轟鳴聲、爆炸、地鳴聲、地面龜裂。我的金髮被強風吹成了油頭。

……一會兒後，我站在彷彿被隕石砸中的凹陷地面上。

對著若無其事地收劍入鞘的勇者大喊：

「對付一隻史萊姆，你要用多少全力攻擊啊！你一開始用原子什麼的時候，史萊姆就已經化為灰燼了啦！」

「凡事不能大意。」

「但也該適可而止！聖哉！你也有能力透視的技能吧！你沒看史萊姆的能力值嗎！」

「我看了一下。攻擊力和防禦力都是個位數。」

「既然這樣，不必花這麼多力氣來對付那種怪物吧！」

「眼見不一定為憑。」

「！不，你要更相信自己的技能啦！」

我一邊整理頭髮，一邊大嘆了一口氣。

「總之……你對自己比較有自信了吧？聽我說，你非常強，所以我們趕快到下個城鎮吧。根據大女神大人的情報，要跟你一起旅行的夥伴就在那裡等你……」

我把手放在聖哉肩上的瞬間，突然感受到一股邪惡的氣息，全身激起雞皮疙瘩。

「什……什麼？」

我回過頭，發現有名女子朝著我們緩緩走來。她髮色黑如烏鴉，穿著一樣是黑色，看似泳裝的暴露衣著，輕鬆地用單手拿著跟她身高差不多的大劍。乍看之下像個女戰士，但身上散發出來的邪惡氣息證明她並非人類。

女子對聖哉露出妖豔的笑容。

「好厲害的劍技喔～是你吧～一定是你吧～」

「妳、妳……是誰？」

我代替聖哉問女子，她高高地揚起嘴角。

「由女神所選出，來自其他次元的勇者大人，幸會～我是魔王軍直屬的四天王之一，名叫凱歐絲·馬其納～」

聽到女子說出令人震驚的事實，我渾身顫抖。

怎、怎麼可能！怎麼會！在起始城鎮附近不可能突然出現魔王軍直屬的人！大女神伊希絲妲大人明明有確實讓我們從安全的地方啟程啊！

然而，從女子身上溢出來的邪惡氣息宛如魔獸，告訴我她沒有說謊。

魔王直屬軍四天王凱歐絲．馬其納似乎感覺到我的焦慮，竊笑兩聲。

「嚇到妳了嗎？我們的魔王大人事先感應到召喚勇者的前兆了～雖然似乎無法掌握確切的出現位置～但是但是但是～如果要召喚勇者，一開始會找弱怪的棲息地吧？所以我鎖定這一帶的村莊和城鎮，調查有沒有陌生人來到的跡象，找著找著就找到這裡了～」

凱歐絲．馬其納開心地嗤笑著，相對的，我怕得發抖。

真、真不愧是難度S的世界蓋亞布蘭德！在之前那些世界的做法果然行不通！

「魔王大人對勇者非常小心提防～我本來還覺得他不必那麼擔心～但是但是但是～像這樣跟你對峙後我才明白～你啊，是個擁有可怕能力的勇者吧～不行、不行、不行、不行，不早點收拾不行啊～」

凱歐絲．馬其納吐出鮮紅的舌頭，把大劍往後拉。

糟、糟糕！她擺出戰鬥姿勢了！

我進入備戰狀態，用聖哉也有的技能「能力透視」看對方實力……然後……陷入絕望。

凱歐絲．馬其納

Lv：66

HP：3877　MP：108

攻擊力：887　防禦力：845　速度：951　魔力：444　成長度：653

耐受性：風、水

特殊技能：魔劍（Lv：15）

特技：魔神咒殺劍（Demoniac Cursed）

性格：殘忍

怎、怎、怎麼可能！這不是初期遇到的敵人該有的能力值啊！

「聖、聖哉……！」

我這個女神真是的，因為強敵當前而慌了手腳，轉頭看向聖哉求助。

然而……聖哉忽然不見了。

「什麼！」

我慘叫一聲，因為在我的視線前方看到了勇者拔腿狂奔的背影。

「等、等一下！不、不要丟下女神自己跑了啊——————！」

我一邊大喊一邊追在聖哉背後，聽到凱歐絲·馬其納的笑聲從背後傳來。

「哎呀哎呀哎呀哎呀！明明是勇者，卻丟下女神自顧自地跑了啊！不過你的判斷很對，普通人是無法當下立刻採取這種行動的！你這個勇者真有意思、真有意思、真有意思呢！」

凱歐絲·馬其納似乎完全沒有要追來的意思。我一邊奮力跑著，一邊朝聖哉的背影大吼：

「給、給我等一下！」

接著，聖哉稍微放慢腳步，回頭看我……再下一秒朝我扔東西。

「砰！」

「呀啊！」

煙幕彈在我腳邊炸開，往四面八方噴出大量煙霧。

「你幹嘛啊啊啊啊啊啊！」

就在我抓狂的瞬間，背後傳來揮劍的聲音！

我原以為凱歐絲．馬其納還沒追過來，沒想到她神不知鬼不覺地逼近我背後，想用大劍砍下我的頭。

「呵呵呵！用障眼法啊，這判斷也下得不錯！」

在瀰漫四周的白霧中，凱歐絲．馬其納又笑了。這時，我手臂被人抓住。一回過神，發現是聖哉拉著我的手。情況明明這麼絕望，他卻一樣用冷靜的口吻說：

「喂，我們暫時撤退，快叫出通往統一神界什麼的門。」

「也、也對！我知道了！」

我一邊全力衝刺一邊詠唱咒語，門出現在前面約十幾公尺處。

距離門只剩數公分。然而，背後響起了惡魔之聲。

「我不會讓你們逃走的——————！」

我往背後瞄了一眼。凱歐絲・馬其納大大跳起從白煙中一躍而出，高舉起大劍！

「咿！」我輕聲驚叫，用求救的眼神望向聖哉，而聖哉已經對凱歐絲・馬其納舉起了左手──那隻被鮮紅烈焰包裹住的左手。

地獄業火的波狀火焰從左手不停冒出，向外延燒。與其說是攻擊敵人，更像要打亂對方的動作。

凱歐絲・馬其納受到火焰阻攔，咂舌一聲。

我們趁這空檔將門打開，勉強逃離了現場。

第五章　最差勁的勇者

「真、真是好險。」

連滾帶爬地衝進門後，我立刻把門消掉。剛才因為匆促，沒時間指定目的地，所以我現在正氣喘吁吁地蹲在平常那間純白的召喚之間裡。但聖哉連氣都不喘地對我說：

「來到這裡正好，現在就馬上開始訓練。」

我還喘不過氣來，而他硬推著我的背。

「幹、幹嘛？」

「妳會妨礙我訓練，快出去。」

「你、你又要自主訓練了？」

「是啊，不這樣贏不了那傢伙。在我看來，那傢伙比史萊姆強上很多倍。」

「呃，那當然……畢竟是四天王……」

「在得到滿意的成果前，我不會離開這裡。等準備完後，我會用呼叫鈴通知妳，在那之前都不要進來這裡。」

看到他充滿決心的雙眼，我無話可說。

於是聖哉把我趕了出來，再次在召喚之間進行閉關。

……過了兩晚後，當我正要把給聖哉的早餐從下方門縫送進去時，忽然有種不祥的預感。這是身為女神的直覺。

我向阿麗雅借了能觀看地上世界的水晶球，回到自己房間，對著水晶球詠唱咒語。

「能看透大千世界，一切萬物的水晶啊，如有危險正在逼近，請映照於此……」

水晶球裡出現艾多納鎮的影像。那是武器店等店鋪林立的小鎮中心。

這時，忽然——

『噯～有看到嗎？』

「哇啊啊！」

凱歐絲．馬其納猙獰的臉部特寫出現在水晶球內，把我嚇到心臟差點停止。

凱歐絲．馬其納帶著妖豔的笑容，大聲說道：

『女神大人和勇者大人～你們在看嗎？如果你們不出現，我就要毀了這個小鎮嘍～』

凱歐絲．馬其納一隻手抓住某個一臉不情願的男人頭部，讓他哭喊的可憐表情朝向我，彷彿知道我在看著水晶球一樣。

『接下來我每過十分鐘，就會砍掉一個鎮民的頭～』

話一說完，她毫不猶豫地用大劍砍掉男人的頭。鮮血噴濺至四周，我忍不住將視線從水晶球上移開。

『人類的紅色噴泉好漂亮、好漂亮，非常漂亮呢～』

凱歐絲．馬其納愉悅的聲音從水晶球裡傳出來……

我「砰！」的一聲用力打開召喚之間的門。

正在進行訓練的聖哉瞪著我。

「我不是說呼叫鈴響前不要進來嗎？」

「緊急狀況！我們馬上回艾多納鎮吧！」

「為什麼？」

「凱歐絲．馬其納正在處決鎮上的人！在我們現身前，她會繼續殺人！所以你趕快準備一下！」

我拚命地向聖哉表達事情的嚴重性，但他不停止訓練。

「不行，我還沒準備好。」

「可是！在你這麼做的同時，凱歐絲．馬其納會繼續殺害鎮民喔！」

「冷靜一點，妳不是說這裡的時間過得很慢嗎？」

「就算時間過得再慢，也不是完全停止啊！」

「那妳知道那裡和這裡正確的時間比例嗎？」

「……大約是百分之一。那邊的十分鐘大約是這裡的十六小時。」

「那就沒問題了。在下個人被殺前，時間還很充裕。」

——不，這麼說或許沒錯啦！不過勇者一般都會想馬上去救人吧！這傢伙是怎麼回事啊！

我懷著焦慮難耐的心情先回自己的房間。回到房間後，我也坐立難安地盯著水晶球，觀察艾多納鎮的情況。

……不知道究竟過了幾個小時，凱歐絲・馬其納終於有了動作。我看到她抓著新人質的後頸。

『好了，這次要殺這個男人～』

那男人我有印象，而且從水晶球傳來的聲音也證明我的記憶無誤。

『爸爸！不要啊啊啊啊啊啊啊啊！住手啊啊啊啊啊啊啊啊啊啊啊！』

綁著雙辮的小女孩哭喊。我一看到那孩子，就拿著水晶球衝向召喚之間。

我開門時，聖哉用傻眼的表情看我。

「……要我說幾次別進來妳才聽得懂？」

「現在沒時間管這個了！你看這個！認得出來吧？那是我們在鎮上遇過的妮娜啊！她爸爸接下來就要被凱歐絲・馬其納殺了！」

但聖哉仍不為所動，這次還用單手做起伏地挺身。

「你……喂！你有在聽我說話嗎？」

「還不行。我還沒準備好。」

聖哉心無旁騖地做訓練。這時，我有種窺見他內心的感覺。

我認真地對聖哉說：

「聖哉……我知道你在害怕，不過憑你的能力值，要贏過她並非毫無勝算。我也會盡全力支援你，我的回復魔法也不容小覷喔，所以……你懂吧？」

然而，聖哉用看著笨蛋的眼神瞪著我。

「妳在說什麼？我並沒有害怕。」

「你明明就從凱歐絲·馬其納面前逃走了。」

「那是戰略性的撤退。」

眼見聖哉還在嘴硬，我的怒氣爆發了。

「總之快走啦！聽好了，你就算死掉，也只是回去原來的世界！可是那些人不一樣！他們死了就不會復活了！」

可是聖哉依舊充耳不聞。召喚之間陷入一片沉默，妮娜的悲慟哭聲從水晶球裡響遍四周。

『爸爸————！不要————！求求妳！求求妳不要殺我爸爸————！』

凱歐絲．馬其納對妮娜露出惡魔的微笑。

『不用擔心～妳不會寂寞，不會寂寞的～因為之後我馬上會砍掉妳的頭～』

……我將水晶球湊到聖哉眼前。

「嗳！你看到這個畫面也沒感覺嗎！那孩子還給你押花呢！她說擔心你，而送給你護身符！」

這時，聖哉從懷中拿出押花，瞥了一眼。

「嗯，當初我說這是『詛咒道具』或許說對了。也許就是拿著這東西，我們才會遇到那個女人。」

那句話讓我一陣錯愕。

「失敗……太失敗了……！」

聖哉對我說出口的話有所反應。

「哪裡失敗？」

「就是召喚你這件事！你的能力值或許很高沒錯，但你卻是最差勁、最糟糕的勇者！」

我的眼裡滲出淚水，很後悔，心情無比雜亂。當我正要走出召喚之間時，聖哉對我說：

「那妳要怎樣？除了我以外，還有人能跟凱歐絲．馬其納打嗎？」

「我會去找！我現在就去找其他勇者來代替你！」

「妳看到我的能力值時，說過我是一億人中才有一個的奇才吧。我不覺得妳能馬上找到人來替代。」

「我憑毅力也要找出來！因為像你這種膽小鬼，能取代你的人多的是！」

「我不是膽小鬼。」

「你是！你很怕死吧！所以才會想那麼謹慎地做準備！不是嗎！」

「我不怕死，但我不能死。因為如果我死了，那個小鎮就會毀滅，最後那世界本身就會毀滅。」

……聽到這句話，我恍然大悟。

這、這傢伙，原來想得那麼遠……？不，不對！不對！別被騙了！那是他在狡辯！這傢伙只是在說漂亮話，為沒毅力的自己辯護而已！

我瞪了聖哉一眼，卻發現他不在剛才的位置。

他正在脫掉居家服，換上鋼甲。

「你、你在幹什麼？」

「這還用說。」

「難、難不成……！」

我發動「能力透視」，一窺聖哉的能力值。

接著……深深倒抽一口氣。

龍宮院聖哉

Lv：21

HP：4412　MP：2367

攻擊力：932　防禦力：990　速度：993　魔力：666　成長度：475

耐受性：火、冰、風、水、雷、土、毒、麻痺、睡眠、詛咒、即死

特殊技能：火焰魔法（Lv：18）　獲得經驗值增加（Lv：6）　能力透視（Lv：8）

特技：原子分裂斬

　　地獄業火

性格：謹慎到超乎想像

——真、真的在這麼短的時間內就練到……足以凌駕魔王軍四天王凱歐絲・馬其納的程度……！

這個身穿鋼甲，億中選一的奇才——龍宮院聖哉用銳利如羽箭的眼神看向我。

「我們走吧。一切準備就緒。」

第六章　藏了一手

「那麼，為了能馬上去救人，我在小鎮中央開門嘍！」

當我要詠唱咒語時，聖哉敲了我的頭一下。

「好痛！你、你幹嘛啦！」

「妳是笨蛋嗎？怎麼可以突然出現？要開在遠一點的地方。」

「可、可是，這樣就救不了他們……」

「就是為了救他們，才要開在遠一點的地方。那傢伙的性格是『殘忍』吧？她在看到我們現身的瞬間，恐怕就會殺掉那個男人，因為已經用不著人質了。」

是、是這樣嗎？他說的的確有道理，但是……

「就算這樣，也不要打女神的頭好嗎！」

我一發脾氣，聖哉難得露出沮喪的樣子。

「我知道了，下次我會小心。」

哎呀？感、感覺很聽話呢。

「你、你知道……就好……」

這麼老實的聖哉，表情讓我有點心動。但是他擔心地注視著敲我頭的那隻手。

「上面可能會有奇怪的細菌。」

「！才沒有呢！」

雖然也想打他，但是不行，不行不行，我是女神！

我設法轉換心情後，詠唱咒語……

慎重起見，我讓門出現在離現場二十公尺處，和聖哉躲在道具店的角落，暗中觀察凱歐絲．馬其納的舉動。

在視野開闊的廣場上，妮娜的父親正被大劍抵著脖子。眾人似乎怕被波及，四周都不見人影，只有妮娜在她父親面前哭喊。

凱歐絲．馬其納打了大呵欠，喃喃說道：

「嗯～十分鐘真長呢～」

她伸出鮮紅的舌頭。

「算了，算了～改成五分鐘～現在就來殺這男人吧。」

妮娜叫得更大聲。我也一樣急了，搖著聖哉的肩膀。

「這、這、這下糟了！我們得趕快去救人！」

我正要離開暗處，跑去妮娜那邊時……

「等等。」

聖哉阻止了我。我回過頭，發現他已經拔劍出鞘，將鋼劍置於腹前。

「你、你在做什麼？」

「離遠一點。」

他到底打算從這麼遠的距離做什麼？我退後兩步，看著聖哉，發現劍四周的空間開始扭曲。

「裂空斬（Wind Blade）……！」

下一秒，聖哉對著二十公尺外的凱歐絲．馬其納揮劍橫劈。劍身釋放的扭曲空間朝凱歐絲．馬其納飛去。

……這、這該不會是把空氣當成刀刃，像扔出真空波的招式？可、可是聖哉有這樣的招式嗎？

朝凱歐絲．馬其納飛去的真空波以高速貼近地面飛行，一路揚起塵土。凱歐絲．馬其納察覺後，以從容的步伐側身閃過，只有她腳下的土盛大地炸開來。

她看到我們站在真空波射來的方向，露出笑容。

「呵呵呵，我就知道你們會來～不過這是怎麼回事？你們一下逃跑一下偷襲，還真欠缺騎士精神呢～」

「只有妳沒資格說這種話！」

我狠狠回敬挾持人質的小人。凱歐絲・馬其納一聽，又開心地笑了。

「不過這次偷襲真可惜呢～沒打中喔～」

「……本來就不打算打中。」

我和聖哉走向凱歐絲・馬其納，雙方對峙。在我們的背後，妮娜正跟她父親抱在一起。

「爸爸！嗚啊啊啊啊啊啊！太好了，太好了！」

「得、得救了！謝謝你們！」

妮娜的父親開口道謝，聖哉卻頭也不回，揮揮手叫他們快走。那位父親似乎明白他的意思，鞠了個躬後，抱著妮娜逃到遠處。

「喔，是這麼回事啊～原來如此，原來如此～我完全中了你們的計呢～」

即使得知我們是以救出人質為優先，凱歐絲・馬其納依舊邪笑著……不過，當她注視站在眼前的聖哉後，臉色就變了。

「這是……發生了什麼事？跟不久前的你判若兩人啊。」

她用血紅的眼睛瞪著聖哉。

「真不敢相信，能力值竟然超過我，到底是怎麼回事……」

我看到凱歐絲・馬其納一臉不安，提高嗓門說：

「喔！妳也會能力透視嗎？所以妳看到聖哉的能力了？呵呵，很厲害吧！好啦，如果要認輸就趁現在喔！」

我這時心情很爽快，很想對她說：「這是妳活該！」不過，這感覺轉眼間被粉碎了。

凱歐絲．馬其納態度一轉，露出跟之前同樣游刃有餘的笑容。

「那麼，我也得稍微認真起來了～」

「咦？」

「『封印解除（Release）』……！」

凱歐絲．馬其納一低聲說完，一股漆黑的氣息從她體內溢出，額頭上也同時浮現血紅的魔族紋章。

「呵呵呵，妳是不是有一瞬間以為自己贏了？但是很可惜～告訴妳吧～戰鬥的專家永遠都會藏一手～」

我、我只有不祥的預感！不過，我戰戰兢兢地發動能力透視……

凱歐絲．馬其納

Lv：66

HP：5511　MP：227

攻擊力：1128　防禦力：1199　速度：1060　魔力：517　成長度：653

耐受性：風、水

特殊技能：魔劍（Lv：18）
特技：魔神咒殺劍
性格：殘忍

怎、怎麼會……！攻擊力、防禦力、速度都超過1000！HP也爆增！還、還以為好不容易追上她了，這麼一來……

「來，取悅我吧～勇者大人。」

說時遲那時快，凱歐絲・馬其納高高舉起大劍，迅速朝聖哉逼近。

「聖、聖哉！」

幾乎就在我大喊的同時，大劍也砍向聖哉的脖子。但聖哉做出反應，上半身往後仰，讓大劍撲了個空。我才鬆一口氣沒多久……

「還早呢～！我不會停下來～！」

凱歐絲・馬其納像揮樹枝般輕鬆揮舞巨劍，對聖哉發動攻擊。縱砍、橫劈、突刺……我在一旁看得提心吊膽，但敵人的劍都無法碰到聖哉的身體。

「嗯嗯？你還跟得上我的動作？難不成你的直覺很敏銳嗎？」

凱歐絲・馬其納暫時停止攻擊，跟聖哉拉開距離。

我在心中雙手握拳，做出勝利動作。

沒、沒錯！這不是遊戲！不是能力值高的人就一定會贏！像「第六感」、「戰術」等等，有許多要素都必須考慮進去！

「嗯～好麻煩，好麻煩喔～但是小心一點吧……」

凱歐絲・馬其把大劍像傘一樣不斷轉動，並對我說：

「噯，女神大人，妳有看到我的能力值吧？」

「是看到了！那又怎樣？」

「那麼，我就讓妳看看我的特技『魔神咒殺劍』吧。」

她、她的確有那一招特技！

我對聖哉大喊：

「聖哉！小心！她要使出必殺技了！」

我提出警告，而凱歐絲・馬其納將劍架在腹前，不知為何反握劍柄。

「咦？」

我嚇了一跳。因為凱歐絲・馬其納將大劍前端對著自己的腹部。

「好久、好久、好久了啊～沒在人類面前使出這招了……我就告訴你吧，真正的戰鬥高手會『在一手中又藏了一手』……」

她竟然！用大劍剖開自己的腹部！黑色血液從裂開的腹部不停滴落！

「嗚哇！妳、妳、妳在幹嘛！」

「這、這就是……『魔神咒殺劍』啊……！呵呵呵……呵呵呵呵……！我會用這壓倒性的力量……徹底宰了勇者……！」

「嗄啊！」凱歐絲・馬其納吐出血液後，雙眼失去光采，頭也無力地垂下來，彷彿斷了氣一般。

她一動也不動，切開的肚子卻出現動靜。

突然間，從凱歐絲・馬其納的肚子裡伸出一雙不像人類的巨大手臂。那漆黑的雙手更將肚子扯開，要把某樣東西從裡面放出來。

「噫……！」

我低吟一聲。

那真是毛骨悚然的詭異情景。沒過多久，從身高跟我相仿的凱歐絲・馬其納的腹中，居然爬出一隻高約三公尺的生物。

……那生物頭上長著兩支角，一張血盆大口長滿獠牙，漆黑的軀體結實，尾巴很長，背上還有對黑色翅膀。

那是一個巨大的惡魔。

第七章　病得徹底

「這就是……凱歐絲．馬其納的真身……！」

出現在眼前的異形身上溢出邪惡氣息，感覺快被吞噬了。

冷、冷靜一點！說不定那只是虛張聲勢而已！

我發動能力透視，張大眼睛仔細盯著黑色惡魔看……

大惡魔

Lv：66

HP：15100　MP：424

攻擊力：3577　防禦力：3229　速度：3847　魔力：548

耐受性：火、風、水、土、毒、麻痺

特殊技能：全魔力攻擊力轉化（Lv：15）　飛翔（Lv：10）

特技：魔神滅殺拳（Demoniac Delete）

性格：殘忍

……我雙腳不停發抖。

騙、騙、騙人的吧？這種能力值……已經超越難度D世界的魔王了！

絕望包覆住我的整個身體。原本就很低的勝算這下子全沒了。

我剛才認為「不是能力值高的人就一定能打贏」，但這僅限於彼此的能力值差距不大時。聖哉的攻擊力、防禦力、速度都不到１０００，反觀凱歐絲．馬其納則超過三千。無論聖哉的直覺再怎麼敏銳，戰鬥天分再怎麼罕見，速度只有對方的三分之一一定會挨下攻擊，到時聖哉就必死無疑了。

凱歐絲．馬其納……不，大惡魔大概是見我臉色蒼白，瞇起金色閃耀的雙眼。

「明白了吧！我們的能力差距太明顯了！你們已經沒有勝算了！」

她發出跟原本的女性嗓音截然不同的低沉聲音，接著高舉右手，亮出鋒利如刀的爪子。

「只要一擊！我一擊就能讓你的頭跟身體分家！」

還以為她要彎下巨大的身體時，雙腳跺地，發出「咚！」的巨響。一瞬間，揮起手臂的大惡魔已經逼近到聖哉面前了！

……那一瞬間，我忍不住閉上眼睛。沒有女神想看自己召喚的勇者遭到殺害的景象。

——對不起，聖哉，你真的是個奇才，但在難度S的異世界蓋亞布蘭德裡，光是魔王部下的力量就足以媲美其他世界的魔王。沒想到這個世界這麼可怕。沒錯……要我拯救這世界太勉強了……

在歷經絕望、後悔、死心後……我睜開眼睛——大吃一驚。

聖哉淡然地站在那裡，頭沒被砍斷，身體也沒被銳利的爪子撕裂，臉上像平常一樣掛著興致缺缺的表情。

「竟、竟然閃過了！為、為什麼？這怎麼可能！」

凱歐絲．馬其納跟我一樣錯愕。面對這摸不清底細的對手，她思考著下一波攻擊。

同一時間，我陷入思考。

為、為什麼？怎麼會有這種事？明明已經超越了光靠第六感，也無法閃避攻擊的等級！

……這時，我腦袋裡突然想起聖哉救妮娜父親的情形。當時他使出了特技「裂空斬」。

我還以為自己以前看他的能力值時漏看了那個特技。

不過，如果我沒看漏呢？

如果聖哉使出能力值裡沒有的特技呢？

由此能得出一個結論！

我和凱歐絲．馬其納用能力透視看到的，並非聖哉原本的能力值！也就是說……

——他發動了「偽裝(Fake)」技能！

我望向聖哉，將自己所有女神之力集中於雙眼，再發動能力透視。

這時，有段文字取代聖哉的能力值，映入我眼簾。

『別看。』

咦……這、這是什麼……？對、對了！如果「能力透視」的等級低於聖哉的「偽裝」技能，能力值就會受到保護而無法看到！可、可是，這樣就確定聖哉偽裝了能力值！

我更聚精會神，定睛凝視。又出現了新的文字。

『我明明都說別看了。尤其是莉絲妲絕對不能看。偷窺可是犯罪，妳這個變態女神。』

唔！竟然還指名道姓！意、意思是他預料到會被我看到嗎！話說，誰是變態啊！既然這樣，我憑著毅力也要看到！我來更提高能力透視的等級！

我把所有力量貫注在雙眼上。

怒吼吧！我的「女神之力」！等一下，嗚喔喔喔喔喔！眼睛、眼睛好痛啊啊啊啊啊！眼珠快飛出去了！但、但是要忍耐、忍耐，莉絲妲！只要有心，妳一定辦得到啊啊啊啊啊！

耗盡所有女神之力後，我心中響起玻璃碎裂般的聲響。聖哉的「偽裝」終於解除了。

我喘著大氣，一窺聖哉真正的能力值……

龍宮院聖哉

LV：37

HP：51886　MP：8987

攻擊力：11005　防禦力：10369　速度：9874　魔力：4787

成長度：563

耐受性：火、冰、風、水、雷、土、毒、麻痺、睡眠、詛咒、即死、異常狀態

特殊技能：火焰魔法（Lv：MAX）　爆炎魔法（Lv：5）　魔法劍（Lv：7）

獲得經驗值增加（Lv：11）　能力透視（Lv：15）　偽裝（Lv：20）　飛翔（Lv：8）

特技：原子分裂斬

地獄業火

爆殺紅蓮獄（Maximum Inferno）

裂空斬

鳳凰炎舞斬（Phoenix Drive）

性格：謹慎到超乎想像

……啥啊啊啊啊啊啊啊！這、這、這、這是什麼啊啊啊啊啊啊！比我在統一神界看到的數值高上五倍……不，十倍以上！能力值升到這麼高是正常的嗎！技能和特技也增加了……呃，等等、等等！在那麼短的時間內，實在辦不到吧！這是怎麼回事！難道聖哉從

結束一開始的修練時，就發動「偽裝」技能了？換句話說，也就是說，當我們遇到凱歐絲．馬其納時，他的能力值明明超過凱歐絲．馬其納，卻還是為了慎重起見而臨陣脫逃，還回召喚之間繼續修練嗎！

我望著眼前的那名男子，身體抖得比看到大惡魔的能力值時更激烈。

——有、有病！他根本是有病啊！

我感到害怕，反觀大惡魔做好了覺悟。

她張開黑色羽翼，往高空飛去。不久後，她在空中停下，大聲喊道：

「既然這樣！我就使出讓你無法移動閃避的招式！我要將所有魔力貫注在拳頭上打下去，用奧義『魔神滅殺拳』把整座城鎮化為塵土……」

不過，大惡魔喊到這裡時閉上嘴，因為聖哉已經從她原本俯瞰的位置消失了。

大惡魔發現到在空中停在自己身旁的聖哉，瞪大雙眼。

「怎、怎麼會……！竟然是『飛翔』技能！」

和原本不該出現在空中的勇者對峙，大惡魔驚訝不已。我抬頭仰望她，在心中自言自語。

——魔王軍四天王凱歐絲．馬其納，妳很強，非常強。妳藏了兩手，是個準備周全的戰鬥高手。如果是普通的勇者，應該會在這裡被妳打敗，馬上退場吧。不過……妳這次挑錯了對手。因為……因為……

現在，在大惡魔面前有個跟她一樣飛上高空，舉著劍的勇者。勇者手上的劍冒著火焰，燒得通紅。他發動了上級技能「魔法劍」。

大惡魔看到魔法劍，表情大大扭曲起來。同時，聖哉開口說：

「接招吧……燒盡一切的灼熱劍技……『鳳凰炎舞斬』……！」

聖哉用留下殘像的驚人速度亂舞火焰之劍。剎那間，在大惡魔的體表上劃下發出紅光的格子狀線條。在那之後，大惡魔僵在原地一動也不動。聖哉將劍收回劍鞘，跟大惡魔稍微拉開距離後，再度停在半空中。下一秒，刻劃在大惡魔身上的無數格子發出更強烈的紅光，下一瞬間發生大爆炸，聲響震耳欲聾。

我站在地上沐浴著爆炸的熱風，心想：

——因為……這個勇者……謹慎到超乎想像啊！

第八章　奧義炸裂

在空中爆炸的大惡魔化成幾塊小小焦炭，散落四周。大概是本體燒焦的關係，那具成了空殼的女性驅體也變成漆黑的炭燼，崩落腐朽。

不久後，勇者從天上華麗地翩然降落，我跑了過去。

「聖哉！」

聖哉回過頭，表情跟平時一樣淡定。我一把抱住他。

「……妳想幹嘛？想絞殺我嗎？」

「我才沒有這麼想呢！我很高興！因為我本來還以為要完蛋了！」

我興奮地喊完後，把臉埋進聖哉胸口。雖然鋼甲很礙事，還是能充分感受到聖哉的體溫。

我聞我聞！喔喔，非常香！不妙！這真是不妙！再聞再聞！

「住手，放開我，會把奇怪的病傳染給我。」

「不要！我不放！」

就算聖哉跟平常一樣罵我，我也不肯退讓，還抱著「那我就傳染給你」——的心情抱著他。不，這不是病就是了。

等充分享受過抱抱後，我鬆開手臂，用不滿的表情仰望他。

「不過聖哉！我有點生氣喔！你沒告訴我你有偽裝技能，對吧？你到底是從什麼時候開始瞞著我的？」

聖哉一聽，嘆了口氣說：

「這還用說，如果我的能力值讓妳這個同伴看光光，就代表敵方也會知道。第一次進入召喚之間跟妳相遇時，我就想『必須先克服這個弱點』，開始做訓練，沒多久就得到『偽裝』技能了。」

這麼說，他果然從第一次修練結束時，就開始偽裝能力值了……

我故意裝出悲傷的表情，盯著聖哉看。

「我懂你不想把情報洩漏給敵人的心情，但至少可以告訴我吧？竟然保護成那樣，還叫人『別看』，讓人有點落寞呢。我明明是聖哉的夥伴……」

聖哉聽了，表情似乎有些歉疚。

「就算妳不說，萬一有魔物打開妳的腦子讀取記憶，我的能力值就會曝光，所以才要加倍小心。」

「會、會有那種魔物嗎……要是有還真討厭……」

我再次抱緊聖哉。

「好可怕！到時聖哉要守護我喔！」

「妳是女神，所以不會死吧，不必保護。」

「討厭討厭！保護我嘛！」

「妳給我適可而止，我砍妳喔。」

即使受到威脅，我仍然不放手。那招瞬間幹掉大惡魔的劍技烙印在我的腦海裡。當時的聖哉真的很有勇者的架式，非常帥氣，現在回想起來也讓我陶醉不已。

我笑著看向聖哉端整的臉龐。

呵呵！他說不出話了！難不成是在害羞嗎？就算裝酷，畢竟還是年輕男孩嘛！

不過這時我發覺，聖哉揚揚下巴，示意我「看妳的後面」。

「咦……？」

我一回頭，有幾十個艾多納鎮的鎮民圍在我們身邊，一語不發地直盯著我們。

「呀啊啊！」

我嚇一大跳，立刻從聖哉身上離開。同時，等著開口時機的鎮民們高聲喊道：

「勇者大人！謝謝您拯救了這個城鎮！」

「謝謝您幫我們打敗了那個恐怖的惡魔！」

男女老幼的歡呼聲包圍住我們。我還聽到女人們竊竊私語道：

「話說回來，那副容貌真是高貴……！」

「身材也很高佻，真是帥氣呢……！」
鎮上的女性似乎被聖哉的外貌迷倒了。
其中還有人拿自己店裡的東西送我們。
「我叫傑米，是經營水果店的！這是我店裡的水果，不嫌棄的話請吃吃看！」
有個褐色頭髮的純樸青年遞出橘色果實，我則笑著收下。
不久後，有個身材微胖的男人推開人群走來，對我們露出滿臉笑容。
「我是鎮長，名叫格拉哈姆！我想舉行一場歡迎宴會，還請兩位務必蒞臨寒舍！」
「他說歡迎宴會耶！嗳，聖哉，怎麼樣？要去看看嗎？」
我微笑以對，聖哉卻搖搖頭。
「不行，我還有事情要做。」
唔～聖哉真是嚴以律己的勇者！為了拯救世界，打算馬上前往下一個城鎮吧！我已經完全迷上他了！
聖哉的行動卻跟我想的不同。他拔出劍當成掃帚使用，開始把在空中飛散的大惡魔殘燼聚集在一處。
「你……你在做什麼？」
「保險起見。」
聖哉將左手對準焦炭……喃喃念道：

「地獄業火……！」

一說完，從聖哉手中溢出鮮紅烈火，噴向焦炭。

看到地獄業火突然冒出來，不只是我，鎮民們也大吃一驚，還有人大叫：「哇啊，好燙！」看來是感受到迎面襲來的熱風，眾人立刻跟聖哉拉開距離。

這時，聖哉更加強火力。

「地獄業火……地獄業火……地獄業火，業火、業火、業火、業火、業火、業火、業火、業火……」

他不停詠唱咒語，讓城鎮中央出現巨大火柱。我開始坐立難安地大喊：

「喂，你這是在搞什麼祭典啊！快住手！」

不過聖哉不停手，很有耐心地燒著焦炭說：

「她可是四天王……有一個細胞留下就可能會再生……我得把她燒到完全消失……！」

「聖、聖哉，已經夠了！而且……你看看四周，大家都被你嚇到了。就算是四天王，燒成這樣也絕對無法再生啦！」

「……很好。」

聖哉終於停下了魔法。

呼，看來終於結束了——我才剛鬆一口氣，聖哉卻對化為粉末的焦炭張開雙臂。

「最後一擊……奧義『爆殺紅蓮獄』……！」

比地獄業火更強的火焰從聖哉雙手冒出，像大蛇纏上獵物般襲向焦炭的粉末。火焰吞噬焦炭，同時發生爆炸，熊熊烈火往外延燒，讓焦炭周圍半徑十公尺內陷入火海。

「！你在做什麼啊————！」

我忘了自己是女神，扯開嗓門嚷嚷。竟然對焦炭用奧義？這個人是正常的嗎！頭腦沒問題嗎！

……我剛才還覺得他很帥，興奮地抱住他，差點真的迷上他。不過……沒錯，這男人有病。

他火焰魔法詠唱得太密集，艾多納鎮現在化成了淒慘的地獄小鎮。

「住、住手！火要燒到我的店了！」

「好燙！好燙啊！誰來救救我啊！」

「喂、喂！你看那裡！水果店的傑米燒起來了！」

我看到剛才送水果的青年火焰纏身，痛苦得滿地打滾，猛力搖晃聖哉的肩膀。

「住手啊啊啊啊啊啊！傑米先生燒起來了啊啊啊啊啊啊！」

但聖哉不住手，我放開這個火焰魔神（Efreet），衝去傑米先生身旁，不管三七二十一先拍打他的背，把衣服上的火拍熄後詠唱回復魔法，治療傑米背部的燒傷。

……幾分鐘後，我好不容易把事情擺平，回頭一看，聖哉依舊拚命地猛燒焦炭。

「你這傢伙————————！到底要燒到什麼時候————————！」

即使遭我痛罵，聖哉仍用老鷹般的銳利眼神緊盯著焦炭。

「還不行……！不完全消滅我不能放心……！」

不久後，鎮長哭著大喊：

「拜託……求求你們……離開這個鎮啊啊啊啊啊啊啊啊啊啊啊啊啊啊啊啊啊啊啊啊啊啊！」

第九章　在旅行前

「……為什麼事情會變成這樣啊！」

我在艾多納鎮的外圍對聖哉大發脾氣。焦炭完全從這世上消失後，等著我們的是鎮民充滿怨懟的眼神。尷尬的我一邊陪笑臉一邊推聖哉的背，逃也似的離開現場。

「難得他們感謝我們，搞成這樣根本毫無意義嘛！你這樣哪裡像勇者，簡直是魔王！我剛才還差點被小孩子丟石頭耶！」

但聖哉對我的話不為所動，用冷淡的語氣喃喃說道：

「虧我從凱歐絲．馬其納的魔掌中救出他們，這世界無情的人很多。」

「無情的是你啦！傑米先生是因為你才燒起來的！你看，這是他特地送的水果！焦成這樣都不能吃了！」

「關我什麼事。」

聖哉繼續昂首闊步地走在我面前。

真、真不敢相信！引起那麼大的事件，竟然擺出這種態度！之前還覺得他有點帥的我真是白痴！就算外表再怎麼帥，這傢伙果然很差勁！

當我氣憤難耐地走到小鎮出口附近時，聽到有人跑來的腳步聲。回頭一看——是妮娜和她父親。妮娜的父親一邊調整呼吸，一邊向我們鞠躬。

「抱、抱歉，明明兩位好不容易救了我們城鎮，沒想到最後變成那樣……但、但是，大家應該只是被突然冒出來的火焰嚇到而已……」

「不不，」我搖搖頭。

「這也沒辦法，這全都是我們的錯。畢竟燒到了商店，也燒到了鎮民。」

我越說越傷心。這實在不是勇者該有的行為……應該說這不是正常人會做的事。

「總、總之，我們是還沒答謝兩位的救命之恩才會追過來的！幸好有趕上！」

妮娜的父親將袋子交給聖哉。

「這是我們的一點心意！請務必收下！」

原本別過頭去的聖哉接過袋子，往裡面一看，眼神就變了。

「哦？是錢啊。有錢是最好的，這樣才能買武器和道具。我就收下了。」

「等、等一下，聖哉！你可是勇者，態度要客氣一點——」

但是這個勇者把銀幣放在手上，皺起眉頭。

「嗯，比我想的還少。不能再多一點嗎？把身上所有錢都給我吧。」

「！你這樣根本不是勇者！只是強盜而已！」

我大喊，妮娜的父親則露出苦笑，從口袋裡掏出零錢，遞給聖哉。

妮娜則對無言的我露出純真的笑容。

「啊哈哈！我知道喔！大哥哥雖然心生病了，其實是好人！」

我把手放在妮娜肩上，勉強恢復笑容。

「妮娜，妳一半說對，一半說錯喔。他只有病，不是好人……」

「我不講話就給我亂說。我才沒有病。」

「有哪個正常人會燒了鎮民又勒索錢財啊！天啊，真受不了！丟臉死了！我們趕快去下個城鎮吧！」

我向那對父女點頭致意後，立刻拉起聖哉的手。

妮娜從背後大聲喊道：

「謝謝大姊姊！謝謝有病的大哥哥！真的謝謝你們！」

「喂、喂！妮娜！不能說這種話！」

妮娜就算被父親斥責也笑著揮手。在她的目送下，我帶著尷尬到極點的心情離開了艾多納鎮。

默默走了一會兒後，聖哉想把收到的錢放進懷中。我從他背後冷眼觀察他的舉動。這時，有東西從聖哉的胸前掉出來。

……那是妮娜之前送的押花。

「哎呀，聖哉，你還拿著那個押花嗎？你不是說那是會招來敵人的詛咒道具嗎？」

「這個嘛，我仔細想過，覺得這樣正好，畢竟主動攻擊的敵人比較容易掌握。」

聖哉接著把押花和錢一起收進懷裡。

「……喔～」

「怎麼了？」

「不，沒事。」

——我完全搞不懂他在想什麼。真是讓人搞不懂的男人。但是……算了。

氣稍微消了的我重新打起精神，用開朗的語氣對聖哉說：

「那我們趕緊前往下一個城鎮吧！根據大女神伊希絲妲大人的情報，就這樣朝北方一直走，就能看到賽姆爾鎮。聽說那裡有人會成為你的夥伴喔！總覺得好期待喔！」

但聖哉停下腳步站在原地，斬釘截鐵地斷言：

「果然不行，還太早了。」

「啥！咦、咦，你說太早是……咦？」

「我要先回神界一趟。」

「！騙人！為什麼！」

「當然是為了鍛鍊。」

「啥啊啊啊啊啊啊啊啊啊啊啊啊！你又要在召喚之間鍛鍊肌肉了嗎！」

「嗯，我想了很久，如果敵人得知四天王——凱歐絲・馬其納被打倒，一定會派更強的人來。在前往下個城鎮之前，必須先做好萬全的準備。」

「呃，你說得或許沒錯，不過以你的能力值，我想完全不成問題喔。」

「不要用猜的。我無法保證下一次也會贏。既然無法保證，我們就得一直保持在最佳狀態才行。」

「可、可是，如果不去下個城鎮，夥伴就不會加入，也拿不到更強的武器和防具，這樣你會很傷腦筋吧？」

聖哉聽了用手抵著下巴，做出思考的樣子。

「先不論夥伴，我的確想要武器和防具。妳能創造出來嗎？妳之前在召喚之間幫我做出床鋪過吧？」

「女神的創造力只能在神界使用，創造出的東西當然也不准帶來下界。過度幫助人類會違反神的法則。」

聖哉聽到我這麼說後，表情扭曲起來。

「……沒用的女人。」

「什！什麼！如果是輔助，我可是很厲害的！你有看到我的治癒魔法吧？我把你對傑米先生造成的燒傷也完全治好了喔！」

「那種傷靠藥草就夠了。也就是說，妳的存在價值跟藥草差不多。」

「你說誰是藥草啊！」

「總之，我們先回統一神界去修練。妳如果不願意，就自己去下一個城鎮。」

「我、我一個人去下個城鎮也沒有意義吧……你在胡說什麼啊……」

「既然這樣，就趕快叫出往神界的門，妳這個藥草女。」

「我、我知道了啦……呃，等一下！你剛才說了什麼？喂！」

第十章　劍神

「……所以，你們又回來啦。」

「那孩子真的太謹慎了啦。不，那不是謹慎，我看是想太多，不然就是有病。」

我又在阿麗雅的房間裡發牢騷。

神界有各式各樣的女神，其中也有講話很酸的女神。不過阿麗雅總是對我很溫柔。從我誕生在這個統一神界後，她一直都很溫柔。沒錯，如果說大女神伊希絲妲大人像我的母親，那阿麗雅就相當於我的姊姊。

前輩女神阿麗雅朵亞穿著胸前大大敞開的性感洋裝，跟平常一樣優雅地啜飲著紅茶。我往她那擄獲眾男神，估計有G罩杯的雙峰之間偷瞄一眼，有點不甘心。不，我也有D罩杯，也不是沒有本錢小露性感。

——不管是外表還是經驗，我沒有一點比得過阿麗雅呢……

算了，這也沒辦法。阿麗雅是數千年前就誕生在統一神界，曾經在無數個異世界中召喚勇者，拯救世界的資深女神。相較之下，我是個出生才一百多年，只拯救過區區五個世界的菜鳥女神。

「唉～我也好想趕快攻略完蓋亞布蘭德，成為像阿麗雅的上位女神喔～」

「不行拿我這種人當目標啦。」

「不不，妳在說什麼啊！妳可是召喚勇者到三百個世界，全數成功拯救且超資深的阿麗雅朵亞大人耶！」

我開玩笑地這麼說後，阿麗雅露出有點悲傷的微笑。

「不，並沒有全部，其中也有我救不了的世界。」

我以前的確聽說過也有阿麗雅無力拯救的世界，不過那是……

「三百個裡只有一個吧？那也是無可奈何的啊～」

我笑著說，阿麗雅則一臉嚴肅地說：

「不對，莉絲妲，對住在那個世界的人們而言，那是唯一的世界，不能用無可奈何就一語帶過。」

「呃，我知道啦，我知道……可是還是很厲害啊，失敗機率只有三百分之一呢。」

但阿麗雅輕輕搖頭。

「那是難度B的世界，絕不是難攻略的地方，結果卻……那是我的失誤，是我必須背負一輩子的十字架。」

「這、這個嘛……」

感覺氣氛變得好陰沉，因此我回到原本的話題。

「對、對了，說到那個謹慎勇者！他從回來後就整天都關在召喚之間裡！真的很讓人傷腦筋！」

「……他又跟之前一樣在鍛鍊肌肉？」

「對啊對啊！好像練肌肉是他唯一的生存價值一樣！」

聽到我刻意搞笑，阿麗雅露出以往的溫柔微笑。

呼，太好了，她回到原本開朗的樣子了……

阿麗雅拿著空茶杯站起來。

「我去泡新的紅茶。莉絲妲，妳要再喝一杯嗎？」

「喔，那我也要。」

……就在這時，房間的門突然發出「砰！」的一聲巨響，用力打開。

我嚇了一跳往門邊看去，更大吃一驚。

因為站在那裡的人是穿著居家服的聖哉！

阿麗雅應該也很驚訝。她一看到聖哉，紅茶的杯子就掉在地上摔破了。但是聖哉不以為意，看著我大聲說：

「原來妳在這裡嗎？害我到處找妳。」

聖哉若無其事地走來，我對他喊道：

「等、等一下，聖哉！這裡是女神的房間耶！不要隨便進來好不好？阿麗雅都被嚇到打破杯子了！」

「沒、沒關係……沒關係……莉絲妲……」

阿麗雅走近聖哉，眼睛不時泛著淚光。

咦咦！連阿麗雅都被聖哉的外表迷倒了嗎？這、這個男人只有臉能看啦！但是，如果他敢色誘阿麗雅，我不會輕易饒過他！你這個欺騙女人！不、欺騙女神的花花公子！

我心中充滿憤慨，阿麗雅卻用熱切的眼神直盯著聖哉。

「你就是……莉絲妲召喚的勇者吧……」

「妳是誰？」

阿麗雅似乎對聖哉無禮的話大吃一驚，表情瞬間僵住。不過之後她咳了兩聲，換上跟平常一樣充滿慈愛的笑容。

「我是阿麗雅，封印的女神阿麗雅朵亞。請問到底有什麼事呢？」

面對初次見面的女神，聖哉有點猶豫，不知道該不該說，但最後還是緩緩開口。

「不管我怎麼做伏地挺身、仰臥起坐，等級都無法像之前一樣提升……」

聖哉雖然深感困擾，我卻在心中大喊：「好耶！」

很好！自主訓練終於到達極限了吧！嘿嘿嘿！接下來只能靠打怪物升等了！這下子終於能好好冒險了！

我心裡這麼想，表面上裝出一本正經的表情對聖哉說：

「聖哉，那就沒辦法了，獨自鍛鍊終究有限，以後我們在蓋亞布蘭德打怪物升等吧。」

「嗯，跟怪物進行實戰啊，風險太高了。」

「不……我覺得非常平常啊……」

「先別說這個，妳能不能幫我創造啞鈴之類的訓練器材？」

「不、不行！不行不行！絕對不行！就算這麼做也只是暫時的！馬上又會到極限的！」

「那到底要怎麼做才行……」

聖哉難得抱頭苦惱。在很難說出「不，所以我才說跟怪物戰鬥啊！」的氣氛下，他感到很懊惱。

阿麗雅大概看不下去了，親切地對聖哉說：

「聖哉，如果說……讓你接受這裡的男神或女神訓練，你覺得如何？」

阿麗雅的提議令我大吃一驚。

「等、等一下，阿麗雅！妳、妳、妳在說什麼？」

「如果對方是統一神界的神，就不用擔心誤以為對方是敵人，會殺了你。而且也能得到比跟怪物戰鬥更多的經驗值。呵呵呵，算是一點小祕技啦。」

阿麗雅朝聖哉眨了下眼，聖哉似乎也能接受，點了點頭。

「原來如此，這點子不錯。」

「啊，阿麗雅！妳過來一下！」

我把阿麗雅叫到房內的窗邊，在她耳邊悄聲說：

「答應這種事好嗎？說到底，可以『找統一神界的神修練』嗎？」

「我允許妳們。我也會事先知會伊希絲妲大人一聲，放心吧。」

「可、可是，到底要找誰？我是治癒的女神，阿麗雅也是封印的女神，不管哪一方都不是擅長戰鬥的神啊。」

阿麗雅聽了後面帶微笑，手指向窗外。

「那裡不就有個總是在埋頭苦練的男神嗎？」

從阿麗雅的房間窗戶往外看，是寬闊宏偉的統一神界庭園。在雕刻精美的噴泉旁，有個男神正在練習揮劍。

是即使遭到其他神批評說：「在這裡練習會破壞噴水池的美景。」也依舊不肯罷手的頑固男神——劍神賽爾瑟烏斯。

阿麗雅主動走到門邊。

「我也去吧。去拜託賽爾瑟烏斯吧。」

我沮喪地垂下肩膀，嘆了口氣。

——唉……正常的冒險之旅又將離我遠去……

我們去找賽爾瑟烏斯。

劍神賽爾瑟烏斯看到我們就停止揮劍，擠出笨拙的笑容。他肌肉結實，蓄著短鬚，一頭短髮，個子又高大，感覺很有魄力，不管怎麼看都很有男神的風範。

「哎呀呀，這不是阿麗雅朵亞大人和莉絲妲黛，以及……哦？什麼……這個人難道是人類嗎？」

他臉色一變，皺起眉頭。

「是受召喚的勇者嗎……不過一介人類還是別在統一神界亂晃比較好。」

聖哉正想回嘴前，阿麗雅往前踏出一步。

「賽爾瑟烏斯，我有事想拜託你。我想請你教導這名勇者。」

賽爾瑟烏斯一時陷入沉默，不過……

「既然是上位女神阿麗雅大人的請求，我也不好拒絕，只不過……」

賽爾瑟烏斯緩緩接近聖哉，狠瞪著他。

「喂，人類，你做好覺悟了嗎？我的訓練非常嚴格，可不知道一介人類能不能忍受得了喔。」

賽爾瑟烏斯咧嘴一笑。但聖哉面不改色，用平常的語氣說：

「哦？膽子不小嘛，你才是，要是哭出來我可不管。如果你敢中途放棄訓練，我可不會放過你。」

話剛說完，賽爾瑟烏斯的身體稍微震了一下。

「喂，你、你怎麼敢這麼說？這應該是我的台詞吧。」

「廢話少說了。既然這麼決定了，就趕快去召喚之間吧。你準備好了就跟過來，聽到了嗎？」

「喔、喔喔，我知道了……這、這、這傢伙是怎麼回事啊……！」

聖哉轉身邁開步伐，賽爾瑟烏斯則連忙追在他背後。

我偷瞄那幅景象，背脊一陣發涼。

兩、兩人的立場不知不覺間調換過來了！龍宮院聖哉——真是個可怕的男人啊！不、不過，劍神賽爾瑟烏斯大人可是貨真價實的強者！相信他一定能挫挫聖哉的銳氣！這樣聖哉或許就會安分一點，成為一個比較像樣的勇者！

……我也曾經這麼想過。

第十一章　嚴苛的修練

聖哉和賽爾瑟烏斯大人一起進入召喚之間後第一天。

我跟平常一樣接到「呼叫鈴響前不准進來」的命令。反正我也不好意思打擾他們，乖乖地遵守約定。過了中午，我在神界的大食堂發現賽爾瑟烏斯大人正獨自坐在桌旁吃飯。

我在他身旁的椅子坐下，小心翼翼地問道：

「賽爾瑟烏斯大人，聖哉他練得怎麼樣？」

結果他開口大笑。

「嗯！難怪那傢伙能那麼大言不慚，比我想的更有骨氣！竟然從第一天就能跟上我的劍技，真是了不起！」

「是、是這樣嗎！」

「不過，還是比不上我就是了！」

我看到賽爾瑟烏斯大人很開心，稍微放心了。看來他們相處得不錯，很認真地在修練。

「那就拜託您了！」

我向賽爾瑟烏斯大人行了個禮後，走出食堂。

是喔！感覺進行得很順利嘛！真有你的，聖哉！

接著到了第二天。

賽爾瑟烏斯大人今天中午也在食堂，表情有些凝重，用叉子戳著盤子上的魚。

我又在他身旁坐下，跟他打招呼。

「您好。修練的情況如何？」

「喔、喔。當、當然很努力了。」

……奇怪？他講話怎麼吞吞吐吐的？

賽爾瑟烏斯大人重重地呼出一口氣，感覺像在嘆氣。

「那傢伙才花兩天，就培養出驚人的實力……」

聖哉的特技「獲得經驗值增加」在我之前看時，已經超過Lv：10了。大概是因為這樣，他才能以驚人的速度成長吧。

這明明是值得開心的事，賽爾瑟烏斯大人卻語帶不甘地喃喃說道：

「如果我能拿出真正的實力就好了。」

「是啊……神對上人類時，不能使出百分之百的力量啊……」

「沒錯，依照神界的法則，除了特殊場合外，我們的力量都受到相當大的限制。真是的，如果我能拿出真正的力量，或許就能贏過那傢伙了……」

「咦？您、您剛剛說什麼！」

「不，我、我什麼都沒說！」

他說了「或許就能贏過那傢伙」吧？什麼？難道才兩天，聖哉就超越賽爾瑟烏斯大人了？……不不，這怎麼可能！一定是我聽錯了！

「話、話說回來，他是個讓人很有成就感的傢伙呢！哇哈哈哈哈哈——咳！咳嗯！」

他好像笑得太厲害，噎到了。看到這位劍神的反應跟昨天不一樣，我感到一絲不安。

又到了第三天。

賽爾瑟烏斯大人在食堂裡拿著杯子，小口小口地喝水。他臉色看起來很差，臉頰似乎還有點凹陷。

「賽爾瑟烏斯大人，您是不是瘦了一點？」

劍神一臉無精打采地開了口。

「不……沒有啊……」

「是這樣嗎？呃，那麼，聖哉他怎樣了？」

「嗯，這個嘛……」

「修練有進展嗎？」

「算有吧……」

「算有？算有是什麼感覺？」

「算有就是算有……」

「呃，該怎麼說呢，能不能說得更詳細一點？我畢竟是負責聖哉的女神——」

我話還沒講完，賽爾瑟烏斯大人就用拳頭狠狠地搥了下桌子。

「喂！別再講了！現在是午休吧？不要談修練的事！」

「噫！不、不、不、不好意思！」

賽爾瑟烏斯大人的大嗓門讓食堂裡的其他神都回過頭，看向我們一探究竟。他察覺大家都在看，似乎又恢復冷靜。

「……抱歉，我不該吼妳的。」

他留下這句話後，步履蹣跚地走出食堂。

第四天，明明到了中午休息時間，賽爾瑟烏斯大人卻沒出現在食堂裡。

最近他身體好像不舒服。今天是在房裡休息嗎……？

我一邊想著，一邊在神界的廚房裡做飯，準備送去給關在召喚之間的聖哉時。我走到廚房角落，去拿做飯糰用的海苔……

「呀啊！」

我忍不住叫了一聲。因為在曬海苔的竹蓆旁，賽爾瑟烏斯大人雙手抱膝，坐在地上。

「賽爾瑟烏斯大人！您、您到底在這裡做什麼？」

「噓！小聲一點！」

「怎、怎麼了？看您這樣好像在躲人……」

「不是好像，是真的在躲。」

賽爾瑟烏斯大人招手叫我過去，要我蹲下來，在我耳邊悄聲說：

「莉絲姐黛，仔細聽好。我跟妳說，那個勇者他……有病啊……！」

嗯，我知道——我沒有這麼說，而是沉默以對。賽爾瑟烏斯大人一臉蒼白地用顫抖的聲音說：

「我都說修練已經夠了，他卻一直說：『還不夠，還不夠，根本不夠。』完全不肯放過我。既然是受人所託，我也幾乎不眠不休地陪著他練習了。」

「原、原來是這樣啊……所以您才會這麼憔悴……」

「我都說他比我強上三倍了，他卻堅持『不強上百倍就不放心』。他那樣太不正常了。根本是普通的狂戰士（Berserker）都顯得很可愛的超級狂戰士（Super berserker）了。」

當他顫抖地說到一半時……

「……喂。」

突然傳來的低沉聲音，讓我和賽爾瑟烏斯大人緩緩抬起頭。

超級狂戰士正雙手抱胸，威風凜凜地站在我們面前。

我嚇了一跳……

「哇！」

大叫了一聲，而賽爾瑟烏斯大人則是——

「喔喔噫！」

發出從沒聽過的叫聲。

「賽爾瑟烏斯，休息時間早就結束了，你還坐在海苔旁幹嘛？」

「呃，那個、就是、這個……」

賽爾瑟烏斯大人苦思良久後，靈機一動。

「對、對了！我是在這裡……模仿海苔！」

我聽了一陣錯愕。

不，「模仿海苔」是什麼啊！這理由也太牽強了吧！

不過聖哉沒有特意吐槽，用冷淡的眼神看著賽爾瑟烏斯大人。

「是嗎？那你模仿完了嗎？」

「還、還沒，我想再努力一下子。為了變得更像海苔一點……」

「不行，得走了。」

聖哉用手抓住賽爾瑟烏斯大人的後頸，喃喃自語說：

「考量到這中間浪費的時間，今天必須不休息不中斷地練習。」

「不、不休息……？不中斷……？」

賽爾瑟烏斯大人渾身顫抖。

「不、不要啊啊啊啊啊啊啊啊啊啊啊啊啊！」

接著突然大聲尖叫。我被他的樣子嚇呆了。

「賽、賽、賽爾瑟烏斯大人？您的角色形象毀了啊！」

「我討厭劍！我不想再看到劍了！」

「咦咦咦咦咦咦咦咦！劍神竟然說不想看到劍，這是怎麼回事！」

「像那種又細又長、前端尖尖的東西，我最討厭了！」

「！他已經連『劍』這個字都不想說了！」

賽爾瑟烏斯大人像小孩一樣鬧起脾氣，聖哉卻毫不在意，依然揪著他的後頸，將他一路拖過廚房。

「救救我啊！」

遭到拖行的賽爾瑟烏斯大人眼泛淚光，向我哀求。

「等、等一下，聖哉！快住手！人家都說不要了！」

然而這時，廚房門打開，阿麗雅神色慌張地衝了進來。

「妳在這裡啊，莉絲妲！伊希絲妲大人正在找妳呢！」

「咦咦！」

從阿麗雅緊張的樣子來判斷，肯定是很重要的事——

「賽爾瑟烏斯大人！請您再稍微忍耐一下！」

我丟下這句話……

「別丟下我啊啊啊啊啊！」

把又哭又叫的賽爾瑟烏斯大人留在廚房，前往大女神伊希絲妲大人的房間。

第十二章　準備完畢

「打擾了。」

我走進房裡時，伊希絲妲大人坐在木椅上編織東西，掛著溫柔的微笑。在我眼中，她就像是個「親切的老奶奶」——這麼沒禮貌的想法，我實在說不出口。

伊希絲妲大人像平常一樣用溫和的聲音說：

「莉絲妲黛，那位接受劍神訓練的勇者情況如何？」

我先為這次受到的特殊待遇，向伊希絲妲大人表示歉意。

「真是抱歉，他不但一直待在神界，還接受男神的訓練……」

「有什麼關係。雖然不跟怪物戰鬥，向劍神求教的勇者的確前所未聞，不過這完全沒超出輔助的範圍，不違反禁止過度幫助人類的神之戒律，只是至今從來沒有勇者這麼做而已。」

「是、是。」

「那麼，龍宮院聖哉的修練有進展嗎？」

「呃，關於這個，反而是賽爾瑟烏斯大人先投降了。他嚷嚷著『不想再看到劍』之類的話……」

伊希絲妲大人「呵呵呵」地笑了。

「畢竟賽爾瑟烏斯原本也是個心靈脆弱的人類啊。」

「咦！賽爾瑟烏斯大人是從人類轉生成神的嗎？」

諸神分成兩種類型，一種是直接在統一神界誕生為神，另一種則是累積善行的人類轉生為神。我一直以為賽爾瑟烏斯大人是前者呢……

「賽爾瑟烏斯以前是人類的劍士。當然，轉生成男神後失去了當時的記憶，不過烙印於靈魂深處的本質實在無法輕易抹滅。是龍宮院聖哉強迫賽爾瑟烏斯進行嚴格的修練，導致他軟弱的一面從靈魂裡冒了出來。不過，這對賽爾瑟烏斯來說也是不錯的修練呢。」

總、總覺得角色反過來了……這明明是聖哉的修練……

順帶一提，我也曾問過伊希絲妲大人我是哪種類型的神，但她只用一句「時候到了就會告訴妳」輕描淡寫地帶過去。不過仔細想想，不管原本是不是人類，失去記憶後都沒有太大差別，所以從那之後，我就沒把這件事放在心上了。

伊希絲妲大人把編到一半的東西放在桌上，用溫柔的眼神注視我。

「對了，莉絲妲。我今天叫妳來不為別的，很抱歉，雖然現在勇者仍在修練，不過我希望你們現在就去下個城鎮。」

早就想去冒險，著急的我馬上回答：

「好！我明白了！」

不過……

「難、難不成……是蓋亞布蘭德發生了什麼事嗎？」

我在意地問。她不知不覺間換上了嚴肅的表情。

「我挑選的出發點周遭原本是相對安全的地帶。不過，魔王已經察覺到我們的行動。現在危機似乎正在逐漸逼近下一個城鎮。」

伊希絲妲大人擁有預知能力，能預見不久後的將來。精準度跟我的女神直覺截然不同，所以這個情報肯定沒錯。

「雖然統一神界的時間過得很慢，我還是希望你們能盡快上路。莉絲妲，能夠拜託妳嗎？」

「這是當然！馬上！我們馬上出發！」

走出伊希絲妲大人的房間後，我懷著堅定的決心在廣闊的神殿中前進。

——不管他再怎麼耍賴，我都要硬把他拖上路！

然後，我大大敞開召喚之間的門。

「聖哉！我們要去蓋亞布蘭德了……呃，咦咦？」

我僵在原地，因為眼前出現了可怕的景象。

聖哉正騎在賽爾瑟烏斯大人身上，用雙拳不停揍他。

「嗚！唔？呃啊！嗚嗚！」

賽爾瑟烏斯大人一邊悶哼著，一邊用手保護頭部。

「等、等一下！你在幹嘛！快、快住手！」

我衝過去後，聖哉才終於停手。

「聖哉！你為什麼要做這麼過分的事！」

即使我發火，聖哉仍一副無所謂的樣子。

「妳到底在說什麼？這也是訓練的一環啊。」

「啊……是、是喔……」

因為感覺很像「霸凌」，我嚇了一跳……說、說的也是，怎麼可能會有這種事……

我對一直仰躺在地的賽爾瑟烏斯大人笑著。

「嚇我一跳！原來是訓練啊！」

「……」

但賽爾瑟烏斯大人依然用手遮臉，不發一語。

「？呃，賽爾瑟烏斯大人都不吭聲啊！這真的是訓練嗎？」

「話說妳來這裡有什麼事？」

「啊！對、對了！」

我開門見山地對聖哉說：
「似乎有危機正在接近蓋亞布蘭德！我們必須現在趕過去！或許你正在修練，但我一定要帶你過去！」
聖哉用毛巾擦擦汗。
「好吧，反正我從這男人身上也學不到東西了。」
賽爾瑟烏斯大人雙手抱膝，把頭埋在雙腿間，一句話也沒說。反觀聖哉瀟灑地穿起鋼甲，把亮澤的黑髮往上一撥。
「一切準備就緒。走吧，前往下一個城鎮。」
「嗯……不過……在那之前你還是要先向人家好好道歉！」
我詠唱咒語，把門開在賽姆爾鎮的不遠處。在蓋亞布蘭德裡，只要是伊希絲妲大人事先調查過的地點，都能像這樣馬上移動過去。其實我本來打算從更遠的地方出發，一邊打怪物累積經驗一邊行動，不過現在不是說這個的時候了。
我和聖哉一走進城鎮入口，一群人帶著家當，神色慌張地跑出城鎮。
我攔下其中一個男人，問他發生什麼事。

「在西北方的克拉因城被不死者軍團攻陷了！那些怪物說不定不久後就會攻來這裡！你們最好也趕快逃！」

男人匆匆離開後，聖哉問我：

「喂，不死者是什麼？」

「就是失去生命也能活動的怪物，簡單來說就是殭屍。順便告訴你，光是徒手或用劍攻擊很難封住它們的行動喔。」

「哦？那要用什麼攻擊才有效？」

「火焰咒語有效，道具的話則是聖水。」

「聖水？那我們先去道具店吧。」

根據伊希絲妲大人的情報，應該成為聖哉夥伴的人似乎正在鎮上的教會等我們。我雖然很想馬上過去，不過為了預防不死者攻擊，先買好聖水比較好。

「知道了，我們快走吧。」

我們用小跑步找到道具店後，衝進店裡。

體型福態的店主站在狹窄的店內櫃檯裡。

「太好了，店裡還有人在。」

「哈哈！當然了！生意就是性命啊！」

店主說完後笑了。

「你們要聖水對吧？既然要對付不死者，就必須做好萬全的準備。道具永遠不嫌多，你們就多買一點吧。」

聖哉點點頭，從懷中拿出裝錢的袋子。

「那我就不客氣了，給我『一千個』聖水。」

店主一聽，表情僵住。

「……呃，我的確是說道具永遠不嫌多，但數量有限。再怎麼說一千個都太多了，這樣我很傷腦筋呢。首先，就算聖水裝在小瓶子裡，您也沒辦法一次帶走這麼多。就算帶得走，重量也會壓得您無法動彈。還有，我店裡的存貨本來就沒這麼多。」

「你說沒這麼多？這樣也算道具店嗎？那就下訂，現在馬上幫我訂一千個——」

「抱、抱歉！十個！給我十個就好！」

我替聖哉向老闆買了十瓶聖水。

「……太少了。」

走出道具店後，聖哉依舊一臉不滿，不過我不予理會並趕往教會。位於道具店不遠處的大教會，雙開式的門扉隨著吱嘎聲打開了。

紅毯往前延伸，教會的祭壇上站著四個人。

是神父、修女、一個身穿銀色盔甲，有著褐色頭髮的活潑男孩，以及一個披著斗篷，留著紅色捲髮的女孩。

神父看到我們後凝視著我，眼泛淚光地說：

「多麼神聖啊！即使是人類的外表，我也認得出來！您是女神大人吧？我們受到神的啟示，一直等著你們來到這裡！」

他指向男孩和女孩。

「這兩個人正是繼承龍之血脈的龍族後裔！他們將成為您和勇者大人的夥伴，跟兩位一起去打倒魔王！」

身材嬌小的紅髮女孩鞠了個躬，褐髮男孩卻自負地雙手扠腰。

——龍族的後裔……！這些孩子就是聖哉的夥伴啊……！

我想馬上跟這兩人聊聊，但就在這時……我的女神直覺忽然警鈴大作。

以人類的感官應該感覺不到，不過我嗅到腐肉蠢動的氣息。雖然無法確認是這四個人中的哪一個，但是……

我在聖哉的耳邊輕聲地說：

「小心點，聖哉。我有種不祥的預感。這四個人之中應該有一個是不死者。」

「哼，完全沒問題。」

「等、等一下，聖哉？」

聖哉哼了一聲，主動朝這四個人走去。

第十三章　驚異的不死者

看到聖哉步步逼近，白髮蒼蒼的神父畢恭畢敬地向他鞠躬。
「這位是勇者大人吧！抱歉，我忘了先報上名字！我是神父馬爾斯——」
老神父馬爾斯還沒報完名字，聖哉就從懷中取出聖水，不由分說地往他頭上一澆。
聖水傾洩而下，水花四濺。
「……啥？」
神父被灑得全身聖水，愣在原地。
「聖、聖、聖哉！你到底在做什麼！」
不只我慌了手腳。
「唔喔！你在幹嘛！」
龍族的少年大叫一聲。
「討厭！為什麼要突然潑聖水啊！」
龍族的少女也瞪大眼睛。而且——
「神父大人————！」

修女也以手掩口，快昏倒了。這也難怪——遇上「朝初次見面的老人猛澆水」的野蠻行徑，沒有人不會驚呼。

接著在眾人之中，出現叫得更大聲的人——那就是被澆聖水的馬爾斯神父本人。

「嗚嗚嗚嗚喔喔喔喔喔喔喔喔喔喔喔！」

不像老人會發出的咆哮聲。我定睛一看，神父頭上正在冒煙。

咦……等一下……這、這……難道是……！

「唔……喂喂！」

龍族的男孩似乎也察覺到了。

——沒錯！這是不死者被灑到聖水時的反應！

「真、真的假的！這勇者從一開始就看穿這傢伙是不死者嗎！」

「好、好厲害！真不愧是勇者！」

在兩人發出讚嘆時，裝成神父的不死者痛苦地抓著頭。不久後，他用遭聖水灼傷而糜爛的臉看著我們，發出響徹教堂的卑鄙笑聲。

「嘰嘰嘰嘰嘰嘰嘰！你很厲害嘛！打倒凱歐絲·馬其納的勇者！本來還想趁你們放輕戒心時一網打盡，是我大意了！」

他接著壓低身體，擺出隨時要飛撲過來的姿勢。

「不過沒關係！我就直接把你們都送入黃泉吧！讓你好好見識一下！這股由魔王軍直屬

四天王之一——死亡馬古拉大人所賜予的不死之力！」

「正、正合我意，你這混蛋！」

龍族少年拔劍出鞘。

「哼！我也要上了！」

少女高舉起魔法師的魔杖。不過，應該最謹慎的聖哉不知為何卻沒加入戰鬥，而是在對修女說話。

「那個神父從什麼時候開始在教會的？」

「兩、兩天前。他是以傳教士的身分，從克拉因城來到這個鎮的……」

「原來如此，也就是說他原本不是這鎮上的居民啊。」

「等、等一下，聖哉！現在不是閒聊的時候！你也去幫幫那兩人啊！」

「沒問題的，我已經讓敵人無法動彈了。」

「咦？」

就在這時，神父的頭部、雙臂、雙腳突然四分五裂，散落在教會地板上。過了幾秒後，掉到地板上的頭才領悟到自己的身體出了什麼狀況。

「什麼————！」神父大聲叫喊。

聖哉冷靜地觀察神父。

「身體四分五裂也不會出血，還活蹦亂跳的。原來如此，這就是不死者嗎？」

兩個龍族人都看得目瞪口呆。
「到、到底是什麼時候砍的……？」
「根、根本沒看到劍出鞘啊。」
連動態視力應該比人類好的我也看不出他的動作。聖哉跟著劍神修行後，似乎變得更強了。有機會的話我也想看看他的能力值，不過那等以後再說吧。
「噯，聖哉，至少告訴我一件事。你怎麼知道馬爾斯神父是不死者？」
「靠簡單的推理。」
「可以說給我聽嗎？那個推理什麼的。」
「好。首先，神父是這裡看起來最衰老的人，也就是說，他遲早會變成不死者，所以我才會拿聖水潑他。」
「原、原來如此……這是哪門子理由啊！『遲早會變成不死者』？這不是推理吧！」
這想法既隨便又不人道，還帶有歧視老人的意思。雖然我吐槽聖哉，但他識破了不死者是事實，所以我不再追究下去。
不死者的頭滾在地板上，心有不甘地喊道：
「可、可惡！打倒我有什麼好神氣的！死亡馬古拉大人那支攻下克拉因城的不死者大軍，現在正朝著這個城鎮進軍！嘰嘰嘰嘰嘰！你聽了一定會嚇一跳！人數可是高達一萬喔！等大軍明天早上抵達，這個鎮應該會瞬間化為廢墟！你們就趁現在好好享受所剩不多的性命吧！」

人、人數高達一萬的不死者大軍……明天就會來了……？

我感到戰慄，但聖哉的表情跟平時沒兩樣。等神父說完後，他點點頭。

「嗯，從這傢伙身上打聽到充分的情報了，接下來就收拾掉它吧。既然不會死，那我要比平常更仔細才行……」

聽到聖哉低喃的瞬間……

「大家快逃啊啊啊啊啊啊啊啊！」

我大聲尖叫，推著那兩個龍族人和修女的背。

「咦咦？為什麼要逃？敵人已經動不了了喔。」

「你錯了！真正可怕的部分從現在才要開始啊！」

「這、這是怎麼回事～女神大人？」

「你們聽好了，那個勇者——他在收拾善後上比戰鬥時更火力全開！呃，你們看，我才剛講他就開始了啊啊啊啊啊啊啊啊啊啊！」

一陣震耳欲聾的爆炸聲從背後傳來。是聖哉的爆裂魔法造成的吧。在我打開教會大門的瞬間，上級魔法引發的暴風把我們吹到教會外。

在那之後，教會裡也持續傳出爆炸與震動，火舌從碎裂的彩繪玻璃中竄出。過了幾分鐘後，賽姆爾教會轟隆一聲崩解了。

「教、教會……歷史悠久的賽姆爾教會啊啊啊啊……！」

修女見到教會崩塌殆盡，趴倒在地上昏了過去。

不久後，火焰魔神從火焰中現身，一開口就說：

「可以放心了。怪物完全消滅了。」

「不，別說是怪物，連教會也消滅了啦！修女都昏倒了！」

即使我大吼，聖哉依然表現得事不關己。穿著銀鎧甲的龍族少年戰戰兢兢地走近聖哉。

「雖、雖然你有點……不，是非常怪……不過的確很強，我認同你。」

他接著向聖哉伸出手要握手。

「請多指教，勇者先生！我叫馬修！是流有龍族之血的戰士！」

接著，披著斗篷的捲髮女孩也向聖哉打招呼。

「嘿嘿！我叫艾魯魯，跟馬修同一個村子出身，是他的青梅竹馬！我是魔法師，身上也流著龍族之血！以後我們一起努力吧！」

艾魯魯見聖哉不發一語，大大方方地靠近他。

「噯！告訴我你的名字嘛。」

「……聖哉。龍宮院聖哉。」

聖哉做自我介紹時，竟從艾魯魯的頭上倒下聖水。

「啊唔！」

艾魯魯嚇了一跳，聖哉則點點頭說：「嗯，看來是人類。」接著，他也往馬修頭上倒聖水。

「這也是人類啊。」

「你、你幹嘛突然這樣啊！」

他也在昏過去的修女身上倒聖水。

「很好，是人類。」

「別、別這樣啦……人家都昏過去了……」

我忍不住責備聖哉，他卻不知為何也往我頭上倒聖水。

「！喂！為什麼連我也倒！」

「說不定妳在我沒注意時跟不死者調換了。」

「哪有這種閒功夫啊！」

看到我們這個樣子……

「這、這勇者到底有多謹慎，疑心病有多重啊……」

「唔、嗯……根本有病……」

馬修和艾魯魯似乎被嚇到了，聖哉則一語不發地開始死盯著他們。

「你、你要幹嘛？看什麼看？」

「對、對啊，幹嘛？一直用奇怪的眼神看我們。」

我突然想到，聖哉會不會正在發動能力透視？好、好！那我也先來瞧瞧這兩人的能力值吧！

我也跟聖哉一樣睜亮雙眼，目不轉睛地盯著他們看。

「等一下！這個勇者和女神大人感覺好可怕喔！」

艾魯魯眼眶泛淚地大喊，不過我依然眼力全開。不久後，兩人的能力值出現在我眼前。

馬修

Lv：8

HP：476　MP：0

攻擊力：206　防禦力：184　速度：101　魔力：0　成長度：28

耐受性：毒

特殊技能：攻擊力增加（Lv：3）

特技：龍快擊

性格：勇敢

艾魯魯

Lv：7
HP：355　MP：195
攻擊力：98　防禦力：160　速度：76　魔力：189　成長度：36
耐受性：火、水、雷
特殊技能：火焰魔法（Lv：4）
特技：火焰弓（Fire Arrow）
性格：開朗

……比、比我想的還普通，連聖哉的百分之一都不到。聽到他們身上流著龍族之血，還以為能力值會再高一些。不、不過，以後一定會成長的吧？

我用樂觀的想法這麼想，往身旁的聖哉瞄了一眼，身體卻顫抖起來。

因為勇者那絕對零度的冰冷眼神看著他們兩人。

第十四章　決裂

「喂！你要看到什麼時候！很噁心耶！」

在化為廢墟的教會前，馬修對聖哉大喊。聖哉這才終於從兩人身上移開視線，愁眉苦臉地低喃道：

「不需要。」

「……啊？你剛才說什麼？」

「我說『不需要』。你們的能力值低到不像話，沒辦法當夥伴。」

「你、你說什麼？你這傢伙！」

個性看似好強的馬修激動起來，而艾魯魯則勉強恢復笑容。

「啊、啊哈哈哈！我、我們還在成長嘛！所以希望你眼光能放更遠一點～好嗎？」

然而，聖哉用冷淡的眼神看向紅髮少女。

「順帶一提，妳的火焰魔法跟我的屬性重疊了，完全不需要。」

「完全不需要？太、太過分了！」

「而且，不管你們是不是還在成長，連神父是不死者也沒察覺，傻呼呼地站在那裡，這樣以後怎麼能派上用場？」

我看到那兩人無法反駁，懊惱地咬牙切齒就忍不住幫腔。

「這、這也沒辦法啊，聖哉。那個不死者為了不讓人類察覺，把氣息完全隱藏起來，沒察覺到也是難免……」

「不，我不是在說這個，他們連察覺危險的能力都很低。如果跟這些傢伙一起行動，我也會暴露在危險之中。講白一點，他們會礙手礙腳。」

馬修似乎已經忍無可忍，往地上吐了一口口水。

「喂喂，勇者先生~你可別因為強了一點就這麼囂張，把我們都看扁了。」

他接著將臉湊近聖哉，狠狠瞪著他。

「不要只用偷看到的能力值來衡量別人！不然就在這裡讓你看看我真正的實力如何？誰管你是什麼受到神啟的勇者，我在我的故鄉納加西村也是被稱為『勇者馬修』喔！」

「好吧，我會一秒讓你了解我們的實力差距。」

眼見馬修和聖哉之間一觸即發，我介入阻止。

「你、你們兩個冷靜一點！還有聖哉！你從剛才講話就很過分！快跟馬修道歉！」

「為什麼？我沒必要道歉。」

聖哉看馬修的眼神就像在看路上的石子。

「我再說一次。我不需要你們，快給我回笑嘻嘻村。」

「笑嘻嘻……？是納加西，你這傢伙！我、我絕不饒你！」

馬修要撲向聖哉時，艾魯魯及時擋住他，將他攔下來。

「不行，馬修！不能打架！」

「吵死了！放開我！」

我將馬修交給艾魯魯處理，自己則小聲地對聖哉說：

「噯噯，聖哉，你聽我說。根據大女神伊希絲妲大人的情報，有些地方的封印一定要有這些孩子手背上的龍之紋章才能解開，也就是說，沒有他們就不能攻略蓋亞布蘭德了。」

「妳的意思是不當他們是夥伴，而是當『鑰匙』嗎？」

「呃，一開始先當成這樣也沒關係……」

這是我用來逼聖哉帶他們走的苦肉計。不過我沒注意到擺脫艾魯魯的馬修在我背後聽到這番對話。

「竟然說我們是鑰匙！把我們當道具看嗎！」

「不、不是！我沒有這個意思！」

哇哇哇哇哇！這不是火上加油嗎！我、我該怎麼圓場啊！

當我正手足無措時……

「嗚嗚嗚嗚！」

突然聽到壓抑似的聲音。一看，艾魯魯的眼淚大顆大顆地滾落。下一秒，她放聲大哭，淚水如潰堤般湧出。

「嗚哇啊啊啊啊！一下說『完全不需要』，一下說『當鑰匙』，我已經受夠了啊啊啊啊啊！人家也是從一出生就努力修練到現在啊啊啊啊啊！」

「說、說的也是，我知道！我都知道！所以別哭了，艾魯魯！」

「哼，這是在幹嘛？幼稚園嗎？有夠蠢的。」

「聖哉，你給我安靜一點！」

勇者別過頭，龍族少女又哭又叫，龍族少年則咬牙切齒。

啊啊啊啊啊啊！氣氛什麼時候變得這麼糟了？不、不行！我身為女神，一定要想辦法擺平這件事！

我往四周張望，想找找解決的方法。不久後，我看到有個盔甲集團朝這裡而來，往那邊一指。

「哎、哎呀！你們看那個！好像有什麼朝這裡來了！到底是什麼呢？」

很、很好！這樣就能轉換氣氛了……我才高興沒多久，五名騎士在我們面前停下，一臉凝重地紛紛叫道：

「我們接到通報，說教會一帶有騷動而來查看，結果……這到底怎麼回事！教會都燒燬了！」

「你們看！修女倒在那邊！」

「喂，你們！給我解釋一下！這到底怎麼回事！我們會視你們的回答，決定要不要帶回去訊問！」

嗚哇啊啊啊啊！這是搞什麼啊啊啊啊！氣氛變得更糟了啊啊啊啊！

「呃，不，那個，關於這件事……」

我正設法要蒙混過去時，倒在地上的修女緩緩坐起身來。

噫噫噫噫噫！真是糟透了！要是被發現是聖哉破壞了教會，我們會被騎士們逮捕啊啊啊啊啊！

但修女出乎預料地幫我們說話。

「各位騎士大人，其實是可怕的不死者假扮成神父，幸好有這些人出手相救。」

「所、所以教會倒塌也是因為這樣嗎？」

「對……當時我的意識很模糊，這部分的詳細經過不太記得了。不過……說的也是……我想一定是不死者放火破壞教會的……」

從修女一臉認真地努力回想，講話也斷斷續續的樣子來看，實在不像在說謊。或許修女是不願承認「勇者燒教會」——才在心中把這一切都歸咎是不死者所為吧。

「不過，有件事我記得很清楚，就是不死者曾說過——『明天早上會有人數高達一萬的不死者軍團抵達這個城鎮』。」

「妳、妳說什麼！」

「一、一萬……？怎麼會……！」

「我們聽說毀滅克拉因城的不死軍已經南下……但沒想到是那麼龐大的軍隊……！」

騎士們聽到修女的話無不恐懼顫抖，不過修女浮現微笑。

「請放心，神沒有放棄我們，因為有這些貴人來到這裡。他們是從天上降臨，來拯救蓋亞布蘭德的女神大人、受到神啟的勇者大人，以及自古以來守護著蓋亞布蘭德的兩位龍族後裔。」

聽到修女的介紹，騎士們眼神一變，騷動起來。其中一位留著落腮鬍，年紀最大的騎士向我們敬禮。

「剛才失禮了！我們是羅茲加爾多帝國騎士團！這個賽姆爾鎮是帝國的領土，我們是被派來守護本地的先遣部隊！請原諒我們的無禮！」

這五人一起向我們鞠躬行禮。

「勇者大人！請您……請您擊退不死者軍團！」

聖哉罕見地主動開口問年長的騎士：

「我想問一件事。如果我把不死者軍團全部消滅，你們會出多少？」

「啊……？出多少是指？」

「當然是指錢了。」

「等一下，聖哉！你怎麼在這時候談錢？你是勇者，不是傭兵耶！」

「我最近學會新的特技。要使出那個特技，多少需要一些錢。」

咦……特技？需要錢的特技……是什麼？

「當、當然了，到時我們帝國會給予一大筆報酬金，至少也有數千枚金幣……」

「是嗎？那為了保險起見，請你們白紙黑字寫下『必會支付與貢獻相等的金幣』。」

騎士們應聖哉的要求寫了切結書後，笑著說：

「其他騎士隨後也會立刻趕來！我們帝國騎士團共兩百名成員，也將盡自己的棉薄之力來協助勇者大人！」

不過……

「完全不需要。」

「咦咦咦咦！完全不需要嗎？」

勇者馬上回答，讓騎士們大吃一驚。

「可、可是……」

「我說不需要就是不需要。鎮上還有不少人留下來吧？你們在這裡守護鎮民吧。」

聖哉不理會不知所措的騎士們，接著看向馬修。

「喂，笑嘻嘻村的有機蘑菇（Mushroom）。」

「？是加納西村的勇者馬修！你這傢伙，沒一個講對啊！」

「吵死了。先別管這個，你覺得自己能應付這種狀況嗎？」

「啊？什、什麼意思？」

「我說，對上一萬名不死大軍，你到底能做什麼？」

「這、這個嘛……」

兩名龍族少年少女不知如何回答，面面相覷。聖哉不客氣地說：

「聽好了。你們對這種情況根本無能為力，但是我勉強能應付。如果聽懂了，就快回笑嘻嘻村吧。」

「就說不是笑嘻嘻村了！我們不會回去！」

「如果不想，就跟騎士團一起守護這個城鎮。至少這一點做得到吧？」

艾魯魯不知所措地看馬修的臉色。

「怎、怎麼辦～馬修？要那麼做嗎？」

「吵死了！誰要照他的話去做啊！」

馬修說完就轉過身。

「夠了！我們就分頭行動吧！」

「等、等等我～馬修！」

「等、等一下！馬修、艾魯魯！」

我朝兩人大喊，但馬修頭也不回地往前走。而艾魯魯一臉歉疚地向我低頭行禮後，追上馬修。

之後我和聖哉也跟騎士團道別，現在我們人在鎮郊。

「嗳，聖哉，馬修和艾魯魯他們……應該不會兩個人衝進不死者大軍裡吧？」

「他們應該沒那麼笨。再說，就算他們打算這麼做，我也會搶先一步擊潰大軍，妳不用擔心。」

我冷眼看著聖哉。

「我說你啊，一下說『擊潰』一下說『我勉強能應付』……你的確非常強，跟劍神賽爾瑟烏斯大人戰鬥後劍技更提升不少吧？不過這次敵方是採人海戰術。一萬人，是一萬人喔，你才是有搞懂狀況嗎？嗳，現在後悔還不遲，趕快去請騎士團和馬修他們來幫忙吧。」

「不需要。」

「真是的！平常謹慎到病態的你到底怎麼了！這時多一點夥伴不是比較放心嗎！」

「對上一萬名不死者，就算夥伴增加一百人或兩百人也無濟於事。再說，那兩個笑嘻嘻村的傢伙和騎士團那些人，跟妳這個不會死的女神不一樣，不能讓他們無謂地死去。」

我不可思議地看向聖哉……然後嚇了一跳。聖哉竟然飄浮起來！這、這是飛翔技能嗎？奇、奇怪？我好像聽到什麼難得聽見的話？難道聖哉是用他的方法關心那些人嗎？

「聖、聖哉？」

聖哉從空中往下瞥了我一眼。

「順便告訴妳，我也完全不需要妳。」

「！你說什麼？」

「他們說不死者正在南下吧，所以我要去北方。妳在這個鎮上的旅館等我吧。」

聖哉飛走了，把我一個人留在鎮郊。

「騙、騙人的吧……？連我這個女神都完全不需要……？咦……這是怎麼回事……我是在作夢嗎？」

我愣了半晌後，火冒三丈。

那、那個自作主張的獨行俠勇者——！我饒不了你！絕不饒你啊啊啊啊啊啊啊啊啊啊啊啊啊！

我對著空中高聲喊道：

「Order（執行神界特別處置法）！」

我從蓋亞布蘭德向人在統一神界的伊希絲妲大人祈求。

『請賜予女神莉絲妲黛原有的飛翔技能』——！

我們的女神之力在化為人類，降落地上之際會受到極度限制，因為神制定的規則是「即使要拯救世界，也不能過度援助人類」。不過這個規則也有例外。遇到緊急情況時，就能以支援勇者的名義暫時解除限制，取回原本的女神之力，這就是神界特別處置法。當然，執行時必須得到伊希絲妲大人的許可。但我這次只是為了追上聖哉而祈求飛翔技能，許可應該馬上就會下來……

如我所料，背部像發燙般開始變熱，一對雪白羽翼隨著耀眼光輝出現。

呵呵呵！我很久沒變成這樣了！我的翅膀還真美呢！聖哉那傢伙，應該以為我不能飛吧？給我等著！我會馬上追上你……呵呵呵……然後從背後架住你！

「莉絲妲，起——飛！」

我大大展開天鵝般的羽翼，朝逐漸縮小，消失在天際的聖哉飛去。

「別小看女神啊喂——！」

第十五章　一對一萬

在我的全速飛行下，聖哉原本遙遠的背影越來越近。看來我的飛翔技能略勝一籌。我以前實際看到聖哉的「飛翔」等級沒有很高，反觀我的飛翔技能等級是14，換算成飛行時速可高達六十到八十公里。

我火速追上聖哉。

「抓到你啦——————！」

……要從背後抱住他時，卻被閃過了。

嘖！他的反應還是這麼靈敏，就像背後長了眼睛一樣！

「什麼，妳跟過來了？都說不需要了……」

「哼！什麼『不需要』！注意你的用詞。在空中是我比較厲害！你要是講話太欠揍，我就搔你癢讓你掉下去！」

聖哉對我的挑釁不予理會，自言自語似的說：

「試飛結束，差不多該認真飛了。」

一說完，聖哉忽然消失了。

「咦……」

等我回過神，他已經在前方十幾公尺處悠哉飛翔了。

好、好快！什麼時候飛到那裡的？可、可惡！

我大大張開翅膀，用力拍動，追在聖哉身後。在飛翔方面我不想輸他。因為我有美麗的翅膀，而聖哉連翅膀都沒有，只是飄浮在空中，不管怎樣我都不能輸給他。

不過……好快！我已經用最高速在飛了，差距卻越來越大！

我、我怎麼能輸！嗚喔喔喔喔喔，爆發吧！我的「女神之力」！我要把所有力量都灌注在這對翅膀上……啊噫噫噫噫噫！背好痛啊啊啊啊啊！翅膀快被扯斷了！不過妳要忍耐，要忍耐啊，莉絲妲黛！妳是未來的大女神啊啊啊啊啊啊！

我強忍背部和翅膀的劇痛拚命飛行，聖哉的身影卻終究從眼前消失了。

我筋疲力盡，氣喘如牛，同時身體往前傾，在空中停止飛行。

——虧、虧我都特別執行神界特別處置法了……拿出女神之力也贏不過他啊……

我陷入沮喪，不經意看向前方，卻發現聖哉就在眼前。

「所以我才說不需要妳。真是有夠煩的，來，走吧。」

聖哉一把抓住我的手腕，帶著我飛行。

……我很氣他丟下我，也很討厭從第一次見面開始就謹慎到病態的個性。不過……可能是一時誤會，但感受到他願意等我的溫柔、包住我手腕的體溫，看著他飛翔時瀏海迎風搖曳的嚴肅側臉讓我有些興奮。

這、這個人近看果然超帥的！讓人呼吸急促！而且他握著我的手……咦，這是怎樣……好像在約會！

這時聖哉轉頭看我。

「喂，莉絲姐。」

咦咦咦咦！聖、聖哉叫我的名字？他平常明明只會叫我「妳」或「喂」！

「什、什、什麼事？」

我心中小鹿亂撞。

因為這裡是空中！也就是說從地上看不到這裡！難、難不成聖哉想在這裡對我做色色的事？不、不行，不能這樣！女神和人類禁止談戀愛！嗯……可是，算了，只有一下下應該可以吧？話說，只是接吻的話完全沒問題吧？應該說，這種程度很常見吧？話說，我反而希望他吻我——不對，還是由我主動吻他嗎？

正當我腦中充滿妄想，像章魚一樣嘟起嘴唇時，聖哉對我說：

「我要加快速度了。」

「……什麼？」

一說完，拉著我手腕的力量變大了！聖哉飛行的速度飛快，把我整個人都拖了過去！

「哇啊啊啊啊啊啊啊！」

空氣大量灌進我口中，連正常呼吸都沒辦法。雖然自己看不到，但我知道我的臉現在一定很醜。

順帶一提，聖哉因為是用自己的魔力在飛，所以沒問題，但被拖著走的我就受不了了。簡單來說，如果聖哉是舒舒服服地坐在噴射機內的駕駛座上，我的感覺就像是用繩子被綁在噴射機外。

承受著強大風壓，不久後……我發現一件很糟糕的事。我愛穿的白色洋裝胸前門戶大開，露出胸罩！而且有一邊的「內容物」隨時都會掉出來！

「噫噫噫噫噫！快停啊啊啊啊啊啊！我有一邊的胸部快走光了啊啊啊啊啊！」

然而聖哉不停下來。我只好任由胸罩外露，抓著手臂繼續飛行。

……過了幾十分鐘後，聖哉終於減速了。

我勉強把胸前的衣物整理好後，喃喃說道：

「我、我、我、我還以為要死了呢……！」

「嗯？女神不會死吧？」

聖哉一邊說一邊回頭，發現我蓬頭亂髮，臉上髒兮兮，衣服也凌亂不堪。

「妳……本來外表是這樣嗎？」

「！還不是因為你，害我變得這麼邋遢啊啊啊啊啊！你看這個！連我的莉絲妲之翼也變得好破爛！到處都光禿禿的了！」

「用妳擅長的回復魔法修復不就好了？話說回來，安靜一點，萬一被對方聽到了怎麼辦？」

「啥！」我怒火攻心地大喊一聲。不過，當我看向他指的方向後閉上了嘴。因為映入眼簾的，是在蓋亞布蘭德的廣大平原上行進的不死者大軍。

從高度兩百公尺的空中鳥瞰，就像聚集了一大群小螞蟻。然而，視力優於人類的我定睛一看，全貌清晰可見。不死者大軍幾乎是由僵屍和骸骨騎士組成。它們步伐不快，正朝著南方緩緩前進。

「那、那你打算怎麼做？該、該不會要直接殺進去吧……？」

聖哉沒有回答，再次拉起我的手臂。

「要飛到更高的地方。」

「咦咦咦！還要飛啊？」

這次我們是垂直往上升。途中我偷偷往下看，原本就很小的不死者大軍縮得更小了。

我們不知道究竟來到幾百公尺的高處，聖哉終於在空中停下來時，不死者大軍在我眼中只是個會動的倒三角形黑塊了。

「它們應該是為了宣揚魔王軍的軍威而集體行軍。雖然很壯觀，不過也很愚蠢。換作是我，我會讓軍隊分散行進，減少風險。因為要是在這種地方遭到轟炸，可撐不過一秒。」

「的、的確。不過，轟炸是在聖哉的世界才會發生的吧？在這個世界沒有戰鬥機和炸彈喔。」

「但我得到了能取代那些東西的力量。」

聖哉朝天空舉起雙手，閉上眼睛。

「……妳稍微安靜一下。」

我照他的話等了一分鐘，忽然有陰影籠罩視野。

——咦？陰、陰影？在這麼高的空中？

我抬頭仰望時，太過驚訝而忘了飛翔，差點掉下去。因為有個巨大的發光物飛了過來。

「這、這、這、這是？」

「『小隕石飛來衝（Meteor Strike）』……！」

聖哉一說完，龐然大物發出「轟！」的聲音，從我們身旁——雖說如此，也是大約一百公尺遠的地方——經過。

「即使只是半徑十幾公尺的小型隕石，從天空高速飛來的能量也很驚人。這樣應該能一口氣殲滅敵人。」

我還來不及開口，發光的隕石已經掉上地面，撞上以倒三角隊形行進的不死者大軍。

足以震破耳膜的巨響同時響起！彷彿爆炸般捲起的熊熊火焰！

這已經不是隕石墜落，而是貨真價實的轟炸了。帶著這股強大的火力一著地，不死者所在的平原一帶被地獄之火吞噬。

「這顆用來對付不死者的隕石，我有調整過速度。如果速度慢，撞擊地面只會形成隕石坑。但如果調高墜落速度，會在撞擊地表時瞬間升至超高溫後氣化，引發大爆炸，至少方圓一公里內都會燒成火海。」

「好、好厲害……！」

我俯瞰眼下的一片火海，只說得出這句話。因為這男人真的靠自己殲滅了萬人大軍！而且改變小隕石軌道，讓它照自己的意思飛向目標，這是只有上位魔法師才能使出的超級上位天空魔法！

「這種魔法很強大，但限制也很多。只能在無人的廣闊場所使用，而且發動時需要時間安靜集中精神，所以實際上沒什麼機會用得到。」

「可、可是，你到底是在哪裡學到這麼厲害的魔法？」

「我在神界騎在賽爾瑟烏斯身上不停揍他時，視窗突然蹦出來，結果就變成小隕石飛來衝了。」

是、是那時候的……！話說，跟劍神修行卻不是出現劍技……？呃，不，雖然沒什麼不好啦……但、但是……

我再次看向化為焦土的平原心想。

雖然這麼說對馬修和艾魯魯很不好意思，不過他們的程度的確差聖哉太多。老實說，攻略蓋亞布蘭德靠這個勇者應該就夠了。

「軍隊應該有九成都消滅了，不過我還是有點擔心……保險起見，再來一發好了。」

聖哉若無其事地低喃後，高舉雙手，準備發射新的小隕石飛來衝。我看到這副景象，偷偷揚起嘴角。

呵呵……呵呵呵！厲害！太厲害了！四天王那個叫什麼死亡馬葛拉的傢伙，剛才也一定被捲入那場爆炸死了！聖哉即使個性很那個，但不愧是億中選一的奇才！話說，只要用小隕石飛來衝擊中魔王城，就能一口氣攻略完蓋亞布蘭德了吧？啊哈哈哈哈！輕鬆搞定嘛！

這時，聖哉如有神助的能力讓我得意忘形，完全忘記了一點。

沒錯，這裡是蓋亞布蘭德——救世難度S的恐怖世界。

在這之後，我很快就切身體會到這一點……

……伴隨著悲傷的犧牲。

第十六章　刃長莫及

聖哉丟下另一顆小隕石後，原本飛著的他忽然失去平衡。
「你、你還好吧，聖哉？」
「畢竟消耗了大量的ＭＰ，我想休息一下回個魔。」
「我知道了。我們先回賽姆爾找旅館吧。」
聖哉緊皺眉頭，表情很痛苦。我第一次看到他這樣。這也難怪，連續使出兩次那麼厲害的魔法，不只ＭＰ，想必連精神也消耗不少吧。
聖哉吃力地低喃說道：
「我的ＭＰ本來有１５０００……但現在……只剩１３５００……」
「！呃，你的ＭＰ明明還很夠啊！」
「別說傻話了。ＭＰ減少這麼多，要是這時遭敵人襲擊就麻煩了。」
「是、是嗎……有這麼糟糕嗎……？唔、嗯，總之，我們去找旅館吧。」
在飛回賽姆爾的路上，我一方面為他依舊謹慎而感到傻眼，另一方面也為他的ＭＰ高達１５０００之多而驚訝不已……

我們抵達賽姆爾鎮時，已經有許多羅茲加爾多帝國的騎士集結於此。之前遇到的年長騎士看到我們，跑了過來。

「兩位沒事真是太好了！那麼……結果呢？」

我把事情一五一十地告訴他。

「全、全滅……？一萬名不死者的大軍……？真、真的嗎？不，我當然不是在懷疑你們……」

騎士們帶著禮貌性的笑容面面相覷。就算對方是勇者，聽到他只花了數小時就殲滅不死者軍團，任誰也無法馬上相信。當聖哉拿出切結書，要求報酬時，有幾個騎士說：「我、我們還是確認一下！」然後就騎馬衝去鎮外了。

年長騎士像要扯開話題般地說：「你們累了吧？」把我們帶到鎮上的旅館。

……那是我們留在旅館的第三天早上。

我被分到聖哉隔壁的房間。當我在房裡梳頭髮時，聽到了敲門聲。

「真是的！你終於準備好了啊……咦？」

我打開門，卻沒看到聖哉。再往下看，發現披著斗篷的捲髮魔法師少女艾魯魯。

「咦，艾魯魯？」

艾魯魯一臉歉疚，忸忸怩怩地說：

「女神大人，之前很抱歉。不過，我有事一定要告訴您。」

「沒關係啦，畢竟是我們不對。話說回來，妳找我有什麼事呢？」

「馬修從兩天前就不見了，我到處都找不到人。」

「他會不會回村子了？」

「如果是這樣，他走之前應該會跟我說一聲……」

艾魯魯帶著快哭的表情說道。我把手放上她肩膀，想讓她放心。

「艾魯魯，馬修他一定沒事。不死者大軍已經沒了，我想他被捲入麻煩的機率很低。」

之後，艾魯魯稍稍露出笑意。

「嗯，我有聽說喔～鎮上的人也都在談那件事呢，勇者果然很厲害。」

「嗯，是很厲害啦。」

「他現在不在呢，在隔壁房間嗎？」

我重重地嘆了一口氣並說：

「他啊，從那之後就一──直沉迷於合成……」

沒錯，聖哉拿到大筆獎金後到武器店大肆採購武器，窩在房裡。他似乎是想嘗試最新學到的「合成」技能，才會想要那麼多錢。

「我先去跟聖哉說一聲我要出門。要是擅自跑出去，之後他會很囉嗦。」

「咦……您要出門……」

「我也跟妳一起去找馬修吧。」

「可、可以嗎？可是我們明明不是夥伴……」

「那是聖哉自己亂說的吧。再說我身為女神，不能放著煩惱的人不管。」

「謝、謝謝您！女神大人！」

艾魯魯露出滿臉微笑。

我帶著艾魯魯來到聖哉房間，敲了門卻無人回應。

「聖哉？你在吧？我要開門嘍。」

門打開的瞬間，我和艾魯魯都嚇了一跳。滿坑滿谷的劍和盔甲扔得到處都是，數量合計有數十之多。正在專心弄劍的聖哉這時才察覺到我們。

「莉絲妲，妳看這把劍。」

鮮少表現出情緒的聖哉難得臉頰微紅，把劍拿給我看。看到那把造型優美，散發銀白光芒的劍，我大喊。

「這該不會是白金之劍吧！太、太厲害了！到底要用什麼才能做出這把劍？」

「這必須要換個角度來想。把劍和劍組合，只能讓強度稍微增加。如果要做出強大的武器，就必須準備性質完全不同的物品來當觸媒。」

「觸媒？那到底是什麼？」

「就是女神的頭髮。那是妳不在時，我在妳房裡找到的。拿頭髮跟鋼劍進行合成，就能做出這把白金之劍。」

我、我的頭髮……？他擅自進我的房間……？

我心情有些複雜，陷入沉默時。

「我希望能多幾把白金之劍備用。所以可以給我頭髮嗎？大概要一千根，必須從毛根拔下來。」

「我會禿頭啦！」

雖然我如此拒絕，艾魯魯卻不知為何雙眼發亮，用尊敬的眼神看我。

「好厲害喔！連頭髮都有那種力量，真不愧是女神大人！」

「呵呵呵，沒、沒什麼啦！」

正當我很得意時，響起了敲門聲。從門的另一邊傳來熟悉的聲音。

「不好意思～這是要給勇者大人的東西～」

那是旅館的大嬸。我打開門，看到她雙手抱著一個裹著布的大型物品，並遞給我。我接了過來，發現這物品體積雖大，卻意外地輕，我一個人也拿得動。

「這是什麼？究竟是誰拿來的？」

「我不知道裡面是什麼，是個戴著兜帽的男人送來的。他只說：『我想把這個獻給擊潰不死軍團的勇者大人。』」

大嬸把房門關上後，聖哉用疑惑的表情望著那物品。

「真可疑，說不定是炸彈，妳來開吧。」

就算我不會死，這樣使喚女神也太過分了。不過我還是照他說的做，把布解開，結果出現一面很大的鏡子。比一般的穿衣鏡寬，大小足以容納兩名成年人並肩映照。

「哎呀，這禮物不錯呢……呃……咦？」

我發現鑲嵌在木框裡的不是鏡子，而是透明如玻璃的板子。我把木框靠在牆上，只能看到另一邊的牆壁。

「這、這是什麼？」

然而就在下一秒，鏡子裡發出「沙沙沙沙」的聲音，透明的板子開始出現顏色。

「呀啊！」我跟艾魯魯大叫。

「這、這到底是什麼東西？」

……現在鏡子中出現令人發毛的畫面。在昏暗的空間裡，有個人被繩子綁在椅子上，動彈不得。他眼睛被布遮著，嘴巴也被塞住，身上的麻料衣物被血染得一片鮮紅。

第一個察覺的是艾魯魯。她以手掩口，發出顫抖的聲音。

「馬修……！這個人……是馬修……！」

同一瞬間，從鏡子裡傳出腳步聲，有人走近被綁住的馬修。不久後，有個男人從鏡子邊緣出現，站在馬修身旁對我們開口：

「看得到吧？有聽到吧？喔喔，我這裡看得很清楚喔，充滿男子氣概的勇者、美麗的女神大人和可愛的紅髮少女。」

那個男人個頭很小，披著死神般的黑色斗篷。在他的光頭下是一張卑鄙的臉孔，有三顆眼睛，顯然不是人類。他用符合長相的卑劣口吻繼續說：

「很不可思議吧？這面鏡子拜魔王之力所賜，可以映照出不同地方的景象。」

男人突然咧嘴獰笑。

「哎呀，我忘了報上名字。我是魔王軍四天王之一——死亡馬古拉。為了替為魔王陛下效力，我平時是發揮我擅長的『改造』能力，用腐朽的人類屍體製造出不死者。」

面對這棘手的狀況，我咬緊牙根。

這、這傢伙是死亡馬古拉……！原來他不在行進的大軍中……！

「哎呀呀，你們的表現很出色，竟然能瓦解我足以鋪天蓋地的大軍。那是天空魔法嗎？好驚人的力量啊。幸好我是從遠方操縱不死者。」

死亡馬古拉把手放在馬修肩上，馬修的身體微微顫了一下。

「不過就算是不死者，要做出那些數量也很花時間。我實在不喜歡單方面挨打，所以讓我回敬你們一下吧……用這個少年。」

我身旁的艾魯魯顫抖個不停。

「……不、不要，我不要這樣。」

死亡馬古拉似乎聽到了艾魯魯的聲音，愉快地笑了。

「嗯，我玩得很開心，很開心，非常開心喔。拿活人來玩果然很開心。屍體不管怎麼搞都不吭聲，玩起來實在很沒勁。」

死亡馬古拉將刀子抵在馬修的脖子上。

「但我已經玩膩了，現在殺了他吧。」

艾魯魯的慘叫聲迴盪在房裡。死亡馬古拉用殘酷的眼神望向我們。

「勇者啊，這全是你的責任喔，都怪你用卑鄙的手段毀了我的軍隊。」

但他發現馬修發出「嗚嗚嗚」的嗚咽聲。

「哦？你是想求饒嗎？」

他把塞在馬修嘴巴的東西取出來，馬修則氣若游絲地擠出聲音。

「呼、嗨……勇者，你……幹掉了一、一萬人的大軍啊……」

馬修像在抵抗難以想像的痛苦和恐懼，扯開嗓門喊道：

「你這個混蛋勇者！不過，你才是真正的勇者！和我這種人不同！所以——」

血淚從遮住眼睛的布條裡流下來。

「所以……你要代替我拯救世界……！」

我聽到馬修的呼喊，忍不住別開視線。

我看不下去，也聽不下去了。馬修很清楚自己已經是死路一條，才會把心願託付給原本那麼討厭的聖哉。

死亡馬古拉一臉興致缺缺地說：

「奇怪奇怪？原來不是要求饒啊。拷問時明明哭得那麼大聲，現在卻很囂張嘛。不過你這副有精神的樣子，他們再也看不到了。」

艾魯魯用力抓住我的手臂。

「女神大人！救救馬修！我唯一的依靠只有馬修了！所以……拜託您……！請您救救他……！」

雖然我絞盡腦汁，但在這種情況下，怎麼想也想不到什麼方法可以救馬修。

艾魯魯見我一語不發地陷入沉默，放開我的手後趴在地上開始啜泣。

「不要……誰來……誰來救救馬修啊……」

死亡馬古拉看到我們兩個的樣子，開心地笑了。

「沒錯沒錯，我要你們知道，即使能滅掉一萬人的大軍，也無法拯救一個重要的人。」

但死亡馬古拉將視線轉向聖哉後，臉色頓時一沉。

「哎呀呀，不愧是勇者，即使在這種時候，也沒有陷入恐慌。根據我聽來的情報，你好像很謹慎。難道你已經找出這裡的位置，派其他夥伴潛入這裡了嗎？」

死亡馬古拉說完後原形畢露，用惡魔般的表情放聲大笑。

「呀哈哈哈哈！實在不可能吧！什麼勇者！根本無能為力！你就在那裡默默看著他被砍

頭吧！」

即使被死亡馬古拉辱罵，聖哉依然面不改色，在我耳邊悄聲地說：

「莉絲妲，打開通往神界的門。」

「唔、嗯，可是……」

就算回去時間流逝緩慢的統一神界，也無法救出即將被斬首的馬修。

「別管了，快開。話說回來……」

聖哉對死亡馬古拉的話充耳不聞，跟平常一樣冷靜地說：

「是龍族的馬修嗎？還滿有毅力的，就讓他幫忙拿行李好了。」

死亡馬古拉似乎聽到了聖哉的話，臉色一變。

「喂，你剛剛說了什麼？」

「……我經常會模擬歷史重演時的因應對策。」

「我是問你在說什麼？」

死亡馬古拉很不耐煩。我也搞不懂聖哉這麼說的用意。

「和凱歐絲・馬其納那時一樣，我從水晶球中看到妮娜的父親快被殺的景象。在那之後我一直在思考，萬一哪天發生同樣狀況，而且時間比當時更急迫的話，該怎麼辦才好。」

聖哉蹲下身，把手放在劍柄上。死亡馬古拉察覺那是攻擊的動作，三顆眼睛瞪得老大後高高揚起嘴角。

「你這笨蛋！竟然想發動攻擊？我只是出現在你眼前的鏡子，本人又不在那裡！你的劍是砍不到我的！」

接著總算拿著刀子朝向馬修的喉嚨。

「呀哈哈哈哈哈！我要讓你知道滅掉我軍隊的罪有多重！」

「住手啊啊啊啊啊啊！」

艾魯魯大叫。但我不是看著快被殺掉的馬修，而是聖哉。

刀身從刀鞘中露出一小截，迸出眩目光芒。下一秒，他以肉眼看不到的高速拔出發光的劍。劍光一閃，刀刃朝鏡子橫劈過去！而在鏡子的另一頭，死亡馬古拉拿刀的手同時噴出漆黑血液並彈飛！

死亡馬古拉發現自己的手被砍掉，大叫起來。

「怎、怎麼可能！怎麼會發生這種事啊啊啊啊啊啊啊！」

勇者保持揮完劍的姿勢，用老鷹般的雙眼盯著死亡馬古拉。

「這是能切開空間的光子之刃（Photon）——『次元裂光斬（Dimension Blade）』……！」

第十七章　大女神

現在在眼前發生的奇蹟，讓我打從心底顫抖。

——斬裂空間，攻擊到理應到不了的世界，超越空間的斬擊「次元裂光斬」……那是怎麼回事？太厲害了吧——————！到底是什麼原理？這勇者的能力已經是神的等級了！

但我無比感動時，有人用力拉了我的手。

……回過神時，我跟聖哉一起穿過了通往統一神界的門，來到一片純白的召喚之間。

「咦？」

事情來得太突然，我一時搞不懂狀況，愣了半晌，聖哉就敲了我的頭。

「好痛！你幹嘛啊！」

「別發呆了，接下來才是關鍵。」

「咦咦？關鍵？」

「次元裂光斬只砍斷了死亡馬古拉一隻手。他現在雖然陷入混亂，不過應該很快又會惱羞成怒，殺了馬修。」

「的、的確！那我們該怎麼辦！」

「所以我們才要來神界，這裡的時間速度只有蓋亞布蘭德的百分之一。他要從混亂中回神，再度拿起武器殺害馬修，最快也需要十秒左右，也就是說……」

聖哉接著大步前進，大大敞開召喚之間的門。

「也就是說，從現在開始的十五分鐘內，我們要在這裡——統一神界找方法去那裡，救出馬修。知道了就趕快跟上來。」

我愣了一下後……

「好、好的！我知道了！」

我像平常對前輩諸神說話一樣，大聲地回答聖哉。

……在那之後，我照聖哉說的在神殿裡帶路，來到大女神伊希絲妲大人的房間。當我在門前猶豫時，聖哉催促道：

「怎麼了？這裡住的是神界最偉大的女神吧？快開門啊。」

如、如果靠伊希絲妲大人，也許的確能鎖定馬修現在的位置。不過……

在開門前，我再次提醒聖哉。

「聽好了，她真的是非——常偉大的女神，你要注意別失禮喔。」

「知道了。」

「真的沒問題嗎？事情的原委由我來說明，你不要講話喔。」

「知道了，知道了。」

我咳了兩聲後，打開裝飾豪華的門。伊希絲妲大人跟平常一樣坐在椅子上編織東西。

「打擾了。我是治癒的女神莉絲妲黛，今天來是有事想直接找您商量──」

我還在畢恭畢敬地打招呼，背後的勇者就跳到我前面。

「妳話太多了，我來簡單說。聽好了，大嬸，我們現在要去蓋亞布蘭德找蘑菇，請妳叫出通往蘑菇所在之處的門。」

「等一下──！我不是叫你『不要講話』嗎？而且他不叫蘑菇，是馬修！你講得好像要去採蘑菇一樣！」

話說，怎麼能用那種語氣對大女神說話！而且直到剛才明明還確實地叫馬修，為什麼又變回蘑菇了……雖然我氣到不行，伊希絲妲大人卻跟平常沒兩樣，掛著溫和的微笑。

「呵呵呵，簡單來說，就是希望我幫忙找夥伴吧？不過依照神界的律法，是禁止對人類提供過度幫助……」

「我只是要妳跟這傢伙平常做的一樣，讓門出現在蓋亞布蘭德的特定位置而已。這沒有任何問題，不是嗎？」

「嗯嗯，的確，照你這種說法，應該是沒問題。」

「沒錯吧，那就快開。」

「好好好。」

我在一旁心驚膽戰，不過伊希絲妲大人完全不在意聖哉的態度。她「嘿咻」一聲站起來，從架子上拿來大水晶球，把手放在上面好一會兒。

「……找到了。地點在克拉因城附近的森林地下。他似乎被關在很大的地下室裡。」

「真、真不愧是伊希絲妲大人……那、那再來要怎麼做，聖哉？要像之前一樣在不遠處開門嗎？」

「不，這次跟上次不一樣，開在快死的蘑菇面前就好。」

「在他面前嗎？好好好，我知道了。」

伊希絲妲大人詠唱咒語，打開通往蓋亞布蘭德的門。我們來到統一神界後到現在不到十分鐘，應該非常來得及救馬修。

我深深一鞠躬。

「伊希絲妲大人，真的很感謝您！我以後一定會回報您這份恩情！喂，聖哉，你也快來向伊希絲妲大人道謝！」

「妳做得很好，值得誇獎。」

「！你以為你是誰啊……對了，聖哉！為了保險起見，我先問你。你有方法對付不死者吧？死亡馬古拉一定會在我們走出門的瞬間放出僵屍或骷髏喔。」

聖哉冷眼看著我。

「妳以為妳在問誰？當然是一切準備就緒。」

聖哉主動走到門前時，我看見他的左手後蹬大眼睛。

……原來如此，看來的確做好了萬全準備——因為那左手已經包圍著火焰。

「門打開的同時，我就用地獄業火攻擊他，妳趁空檔把蘑菇抓過來，知道嗎？」

「知、知道了！」

很、很好！我也要拿出幹勁努力才行！

但是，在聖哉要開門時……

「……龍宮院聖哉。」

伊希絲妲大人突然叫了他的名字。

「什麼事？」

「你成長了呢。」

「聽妳說得好像從以前就認識我了。但我們今天是第一次見面吧？」

聖哉原本一臉不解，忽然有所領悟似的點點頭。

「喔，這樣啊，是痴呆了嗎？」

我終於忍無可忍。

「你這傢伙——從剛才開始就給我適可而止！伊希絲妲大人怎麼可能會痴呆！她是

無所不知的喔——！她的意思是『你這個謹慎到有病，態度又囂張、嘴巴惡毒的傢伙居然會想幫助夥伴，總算有稍微、一丁點的進步了呢，太好了』——！」

我先狠狠發飆完後——

「對吧？我說的沒錯吧，伊希絲妲大人！」

再如此詢問。大女神伊希絲妲大人不發一語，臉上笑瞇瞇地微笑。

聖哉「哼」了一聲。

「哪有那麼誇張，我不是要幫助夥伴，只是去採蘑菇而已。好啦，走吧。」

我們這次終於打開通往蓋亞布蘭德的門。然而……

「祝你們好運……」

從我們背後傳來伊希絲妲大人溫柔的聲音。

第十八章　謀略

我們走出門的瞬間，聖哉伸出已經纏繞著地獄業火的左手，對準在陰暗又寬闊的拷問室裡一邊叫著：「手！我的手啊啊啊啊啊！」一邊打滾的死亡馬古拉。

「……啊？」當死亡馬古拉察覺有人闖入，用三隻眼睛望向聖哉的那一刻……

「燃燒吧，地獄火焰……！」

從聖哉手上噴出的火焰包裹住死亡馬古拉。

很、很好！沒想到這麼簡單就成功了！我本來還有所防備，但四周都沒有不死者！

既然這樣，死亡馬古拉就交給聖哉解決。我靠近被綁在椅子上的馬修，解開繩子。

「你還好吧，馬修？」

「還，還好……」

我馬上把蒙眼布也拆下，仔細查看馬修……有股衝動想別開視線。

他身上滿是燒傷，雙手指甲全被拔掉。馬修望著我，勉強擠出笑容，但嘴裡缺了好幾顆牙，讓人不忍卒睹。

一股怒火直衝腦門。

那個虐待狂三眼禿頭！竟然對一個才十五歲左右的少年進行這麼過分的拷問！

「我馬上幫你治好喔！」

我發動治癒魔法，先全力幫他消除全身的疲勞及治療燒傷。

我一邊治療馬修，一邊心想：「聖哉差不多解決那傢伙了吧？」當我不經意地看向聖哉時……懷疑起自己的眼睛。

面對被火焰包圍的死亡馬古拉，聖哉眉頭深鎖，表情苦悶。他平常不太會顯露情緒，這種表情以他來說很罕見。

可、可是，到底是為什麼？死亡馬古拉明明已經被地獄業火吞噬了。

但我這才發現，死亡馬古拉的確烈焰纏身，但那並非地獄業火的紅色火焰。包覆死亡馬古拉全身的是黑色火焰，而且正在防禦聖哉的地獄業火。

地獄業火的火焰消失後，那團黑色火焰也離開死亡馬古拉的身上，在他身邊瞬間化為高約兩公尺的人形。

「那、那到底……是什麼……？」

原本低著頭的馬修聽到我這麼說後抬起頭。當他看到沒眼睛也沒鼻子的黑焰怪物，身體劇烈地顫抖起來。

「是、是、是那傢伙……！那傢伙……那傢伙是……！」

「馬修？你、你怎麼了？冷靜一點！」

馬修臉色慘白，牙齒不停地打顫。

另一方面，死亡馬古拉用布纏起左手，一邊對傷口做緊急處置，一邊瞪著聖哉。

「剛才是你最擅長，用來殺了凱歐絲·馬其納的火焰魔法嗎？不過那招對我沒用。別小看我這魔王軍直屬四天王之一的死亡馬古拉——」

死亡馬古拉還沒說完，聖哉先下手為強，拔出劍砍向火焰怪物。他的劍以驚人的速度瞬間逼近，應該從怪物的肩膀劈開了上半身。然而，在一旁的我也看得出他只砍到空氣。就像真的火焰無法用劍砍一樣，怪物在被砍前後絲毫沒有變化。

——這、這該不會是鬼魂系怪物？那、那麼！

「聖哉！用聖水！把聖水塗在劍上攻擊看看！」

聖哉卻搖搖頭。

「劍上已經有聖水了，可是沒效。」

咦……已、已經塗了嗎？什麼時候……？還、還真是毫無破綻呢……可是……

「那為什麼沒效！那東西不是鬼魂嗎？」

死亡馬古拉聽到我的話，微微勾起嘴角。

「這傢伙名叫『達克法拉斯』，是我用幾百隻怪物反覆實驗後做出的得力助手，也是最強的火屬性怪物。」

「火屬性怪物？你不是專門操縱不死者嗎？」

「我做的不只有不死者！『對各種怪物進行改造』才是我的特技！少單方面誤會了！笨蛋！」

唔，誰是笨蛋啊！竟然這麼囂張！我確實被你騙了，但那又怎樣！既然知道那不是不死系，就只能對付牠了！

我正打算發動能力透視，找出達克法拉斯的弱點時……

「妳想看能力值嗎？無所謂。達克法拉斯才不像某人，用『偽裝』那種苟且的技能。」

「……你會知道這一點，就代表你看了聖哉的能力值嗎？」

「他一味地升級偽裝技能，讓人看不到原來的能力值。不過沒關係，畢竟達克法拉斯是所向無敵。」

哈！要是他實際看到聖哉的能力值，應該打死也不敢說這種話吧！因為女神之力用太凶，眼睛感覺快爛了，所以我最近也沒透視。但聖哉現在的能力一定遠遠超過跟凱歐絲・馬其納對戰時才對！

我集中眼力，察看敵方的能力值。就如死亡馬古拉所說，達克法拉斯未經偽裝的能力值瞬間出現在我眼前……

達克法拉斯

LV：74

HP：80181　MP：9215
攻擊力：31559　防禦力：135875　速度：10741　魔力：8377
耐受性：火、風、水、雷、土、聖、闇、痲痺、睡眠、詛咒、即死、狀態異常
特殊技能：全武器攻擊無效化（Lv：MAX）　火焰系魔法無效化（Lv：MAX）
　　風系魔法無效化（Lv：MAX）　水系魔法無效化（Lv：MAX）
　　雷系魔法無效化（Lv：MAX）　土系魔法無效化（Lv：MAX）
　　光系魔法無效化（Lv：MAX）　闇系魔法無效化（Lv：MAX）
特技：完全黑死炎（Deadly Flame）
性格：只服從死亡馬古拉

攻擊力、速度都輕鬆超過凱歐絲．馬其納……但最令我驚訝的是這怪物超乎尋常的防禦力及所持有的特殊技能。

「防禦力超過十萬……全武器攻擊無效化，而且幾乎所有魔法也無效……！」

這、這、這、這是怎麼回事？這樣聖哉不就毫無勝算了嗎！

就算火焰無效，聖哉還有伴隨著風的風屬性劍技裂空斬，或是帶有土屬性的原子分裂斬。但如果火、風、土魔法都無效，再加上劍的攻擊也無效……那唯一能對那怪物造成傷害的……

「只、只有冰結魔法嗎……？」

「沒錯。不過，那也是有順序的。突然使出冰結魔法，對達克法拉斯也起不了作用。」

死亡馬古拉一副開心的樣子，喜孜孜地說：

「我就好心地告訴你們吧。聽好了，要先用特技『震動波』打亂達克法拉斯身體的分子結構，再用冰結魔法把達克法拉斯的屬性從火轉換成冰，讓它物質化，這樣才能順利解除武器攻擊無效化，讓物理攻擊生效。做到這一步後，只要用超過達克法拉斯防禦力的攻擊力攻擊，就能打敗它了。」

「哦？你真的很好心呢。」

聖哉佩服似的喃喃說道，我卻被這番話嚇得寒毛直豎。

因為首先，雖然特技震動波只要打擊技能超過等級7就能學到，不過說到底，在劍與魔法的世界蓋亞布蘭德裡，「打擊」是毫無意義的冷門技能。拿劍的劍士通常不會有使用拳頭的「打擊」這項特殊技能。而且，擅長火焰魔法的術士要用相對的冰結魔法，就魔法理論上不可能。還有還有，即使能奇蹟地克服這兩個難關，依舊有勝過銅牆鐵壁的恐怖防禦力等著……

死亡馬古拉看到我臉色蒼白，露出一抹獰笑。

「沒錯！就因為不可能辦到，我才會特地告訴你們！為了讓你們絕望！明明有劍，誰會特地鍛鍊打擊技能？而且，人類絕對不可能同時學會火焰魔法與相對的冰結魔法！再說，就算解除了武器攻擊無效化，防禦力也絕對有十萬以上！你們能打贏達克法拉斯的機率是零啊！」

死亡馬古拉誇耀勝利似的放聲大笑。

「呀哈哈哈哈哈！勇者啊！你能在砍掉我左手後瞬間移動到這裡，很令我佩服！不過我死亡馬古拉連這麼不利的狀況都事先預想好了！」

他自信滿滿地朝黑焰怪物揚起下巴。

「針對不死者擬定對策就來戰鬥的人，等著他們的竟是跟不死者的弱點完全無關的最強無敵火屬性怪物！我已經預想過所有狀況，並逐一擬好了策略！看好了！擅長謀略的人就是這麼戰鬥的！」

怎、怎麼會出現這種強到匪夷所思的敵人啊？這不是跟最終頭目的最後決戰啊！這種敵人根本不可能攻略……不、不過，但是！如果是這個謹慎到超乎想像的勇者，這次一定也早有準備，要來演出一場奇蹟的逆轉勝……

我抱著一絲希望看向聖哉……

「……怎麼會這樣？」

聖哉卻如此低喃。

「聖、聖哉？」

「我很驚訝。這真令人驚訝。」

聖、聖哉竟然說出這種話……？這場戰鬥果然贏不了嗎……？

我悲嘆起來。不過勇者依舊用銳利的眼神盯著死亡馬古拉，表情跟平常一樣淡然。

「『預想所有狀況並逐一擬好策略，擅長謀略的人就是這麼戰鬥的』——嗎？這真令人驚訝，為什麼你要特地大聲說出『這麼普通的事』呢？」

第十九章　更可怕的東西

死亡馬古拉聽到聖哉的話，鼻子不斷微微抽動。

「『這麼普通的事』……？那麼，你事先預想到會陷入這種困境了嗎？」

「我當然早就想到會出現不死者以外的敵人。而且，我也預料到對於擅長火焰魔法的我，遲早會出現能對付我弱點的敵人。為了應付這些狀況，我已經備好對策了。」

「喔……是嗎……你都備好對策了嗎……」

死亡馬古拉重複一遍後，瞪大那三隻眼睛。

「笨蛋！你沒聽到我的話嗎！不管你有什麼對策，都贏不過達克法拉斯！」

先對死亡馬古拉的怒吼產生反應的不是聖哉，而是馬修。

「沒、沒錯……不可能贏……！不管什麼攻擊都沒用……！那傢伙……達克法拉斯是無敵的……！」

快被死亡馬古拉砍頭時，馬修不肯求饒，展現出堅強的一面，連聖哉都為之讚嘆。不過當他看到達克法拉斯的瞬間，那份虛張聲勢消失無蹤。他一定是親身體驗過達克法拉斯的可怕。

我暗自咬著唇。

他身上的傷能回復魔法完全治好，但他的心卻留下一生難以抹滅的傷痕。

——這孩子說不定已經……無法再當戰士了……

我抱著馬修顫抖的肩膀，有這樣的預感。

死亡馬古拉聽到馬修膽怯的聲音，露出笑容。

「沒錯！達克法拉斯是無敵的！做了半吊子的準備是贏不了它的！」

他的狂妄笑聲響徹廣闊的拷問室，但聖哉用堅毅的語氣打斷那道笑聲。

「才不是半吊子的準備。」

他挑釁似的瞪了死亡馬古拉一眼。

「一切準備就緒。」

聽到聖哉一如往常充滿自信的聲音……我有個念頭。

——不對……只有一個……有一個唯一的辦法能治癒馬修受傷的心靈……！

我緊緊抱住馬修，在不斷顫抖的他耳邊低語：

「馬修，看著吧。你會知道在這個世上，有比死亡馬古拉及達克法拉斯更加可怕的東西……」

……我感到不安。不，一想到眼前的現實，心中只有不安。我也認為以常識來說，不可能打倒這種怪物。不過聖哉他……這個謹慎到超乎想像的勇者……卻跟平常一樣從容地說著一樣的台詞。

他說了「一切準備就緒」！那麼……我要相信他！相信我選出來的這個勇者！

「呿！我馬上讓你那張臭屁的臉嚇到面無血色！」

死亡馬古拉無畏地喊道。在他面前的達克法拉斯像要守護死亡馬古拉般出現變化。

達克法拉斯那張沒有眼睛和鼻子的臉孔下半部——相當於嘴巴的部分——大大地張開，口腔裡充滿了跟體表一樣，宛如黑暗的黑色火焰。

死亡馬古拉看到人在聖哉背後，跟他形成一直線的我和馬修後發出竊笑。

「這是一旦著火，直到對方燃燒殆盡才會熄滅的火焰——『完全黑死炎』！勇者啊！只要你避開火焰，就會波及到身後的人！即使女神不會死，那個小鬼也會被燒個精光！」

——糟、糟糕！我太大意了！應該更小心一點，和聖哉保持距離才對！

不過，聖哉並沒有責備我的意思，甚至連一絲驚慌也沒有。

「『一旦著火』嗎？不過你這招應該沒機會用到，因為在那之前我就會先攻擊。」

聖哉一邊說一邊收劍入鞘，把身體稍微壓低。

「唔……要出招了嗎？達克法拉斯——」

死亡馬古拉還來不及對達克法拉斯下指令，把右手大大往後拉的聖哉搶先衝到正要吐出完全黑死炎的達克法拉斯面前。

「好、好快！這是什麼速度？」

死亡馬古拉低吼一聲。聖哉以直逼瞬間移動的速度貼近達克法拉斯，將拉到身後的右掌順勢打在它的腹部上！

竟、竟然用掌根打……！不過這並非單純的掌擊！因為在打中達克法拉斯的瞬間，不只是它的身體，連四周空氣都產生震動！

——這、這是……「震動波」……！

震動波是將打擊技能練到中段以上就能學到的特技，通常有讓敵人動作暫停的效果。但達克法拉斯的動作沒有變化，卻有其他效果。正如死亡馬古拉所言，達克法拉斯的分子結構亂掉，構成身體的黑色火焰變成了一般的紅色火焰。

死亡馬古拉大叫。

「你、你竟然學會了震動波？怎麼可能！你是劍士吧？為什麼會有那種毫無意義的特技？」

「……如果劍不能用，剩下的就只有自己的拳頭。學打擊技是當然的。」

「一、一般劍士不會考慮到這種事吧！」

「我不認為自己是劍士，所以不會只依賴劍。畢竟有可能出現像這次一樣劍擊無效的敵人，也可能會遇上劍折斷，或被敵人偷走、突然融化、生鏽或被蟲吃掉的情形。」

聽著聽著，死亡馬古拉和我都倒抽一口氣。

不、不愧是謹慎到病態的人！雖然我覺得劍絕對不可能被蟲吃掉……總之幹得好！

話說回來，即使死亡馬古拉很驚訝聖哉有震動波，我倒覺得這有跡可循。

因為聖哉在神界時，曾騎在賽爾瑟烏斯大人身上痛毆過他！那果然不是霸凌，而是打擊的訓練！太好了！真是太好了！就各種層面來說都是！

「你、你果然心機很重！不過，到此為止了！你接下來沒有機會了！因為火焰系的術士不可能使得出冰結魔法……上吧！達克法拉斯！把他幹掉！」

「咦！」我驚叫一聲。還以為達克法拉斯會從口中噴出火焰而有所防備，但它竟掄起拳頭，朝聖哉揍去！

「你只在防備完全黑死炎吧！達克法拉斯的拳頭可是超高溫的凶器！只要碰到就會燒掉喔！」

「聖、聖哉！」

達克法拉斯的拳頭已經逼近聖哉到閃不掉的距離！但聖哉也一樣向達克法拉斯的拳頭揮出左拳！

「笨蛋！你想憑人類的拳頭擋下達克法拉斯的拳嗎！嘿嘿嘿！就讓你的整條手臂氣化吧！」

達克法拉斯的拳頭似乎為了攻擊而暫時物質化，和聖哉的左拳撞在一起時，發出連腹腔都跟著震動的巨大聲響，同時產生的衝擊波讓我瞬間忍不住閉上眼睛。

……在那之後……我緩緩睜開眼睛……看著他們緊貼著的拳頭。

聖哉的拳頭沒發生變化，反倒是達克法拉斯從拳頭到手腕……然後到二頭肌……都發出清脆的龜裂聲，逐漸變藍……變透明！

——達、達克法拉斯它……開始結、結凍了？

這個變化一路延伸至它的胸部、腹部，最終擴散至全身。現在達克法拉斯的體表從紅色變成了藍色。

「竟、竟然是冰結魔法——————！不可能、不可能、不可能！這怎麼可能！火焰魔法和冰結魔法完全相反！不可能同時操縱！」

我的腦袋裡也一片混亂。死亡馬古拉說的沒錯，無法同時學會屬性相斥的魔法，這是無法顛覆的魔法理論。

——那麼，這是為什麼？

我目不轉睛地看著聖哉揮出的拳頭，發現一件事。

他手上套著我從沒看過的手環！死亡馬古拉似乎也察覺到這一點，提高嗓門問：

「難、難不成那是……能附加冰屬性的道具嗎？」

附加冰屬性的手環！原來如此！這樣就算不能用魔法，也能產生同樣的效果！可、可是，這種稀有道具在武器店和道具店應該都沒有賣才對！聖哉到底是在哪裡……啊……

「合成！是用合成做的嗎？沒錯吧，聖哉！」

聽到我的話，聖哉點點頭。

「好、好厲害！可、可是像這種稀有道具，到底要怎麼組合才能合成出來？」

「『普通的手環』加上『冰』……再照之前一樣放進妳的頭髮，就完成了。」

「……咦？」

難、難不成，他又擅自跑進我的房間了……？心、心情好複雜喔！不、不過算了！如果用我的頭髮能度過這個難關，要多少我都給啦！

「順便告訴妳，這還有很多種。」

「啥……？」

聖哉像魔術師一樣從懷中拿出一大堆手環。

「附加雷屬性的手環、光屬性的手環、闇屬性的手環等等……這些當然都有備用品。這全是放進四處掉在妳房間的頭髮後做出來的。」

呃，掉在我房裡的頭髮也太多了吧！我將來會不會禿頭啊？

不過那種事等以後再慢慢想吧。現在最重要的是達克法拉斯。

雖然它因為手環的效果而凍結了，不過好像並不是不能動，原本飄蕩搖曳的形體固定變成了物質。也就是說……

「行得通，聖哉！現在能用物理攻擊！」

連續兩次的奇蹟讓我歡欣鼓舞，反觀死亡馬古拉則心生恐懼。

「怎麼會、怎麼會、怎麼會！而且你的攻擊力還超過達克法拉斯的防禦力嗎！」

然而，從聖哉口中說出的是令人意外的回答。

「很可惜，我現在沒有那麼高的攻擊力。用普通的攻擊應該完全傷不了它吧。」

「咦咦咦咦！」

我的心情瞬間從天堂被推落地獄，死亡馬古拉臉上則露出安心的表情。

但是，勇者自言自語似的淡然地說：

「不過這不成問題。對物質化的冰屬性敵人有效的，當然是火焰攻擊了。不過用鳳凰炎舞斬也無法破壞他的防禦，既然如此……」

聖哉後退幾步，跟達克法拉斯拉開距離。

死亡馬古拉感覺到有危機，大喊：

「糟、糟糕！他要出招了！達克法拉斯！拉近距離！封住他的攻擊！」

聖哉已經拔劍出鞘。仔細一看，那把以高攻擊力著稱的白金之劍上包裹著鮮紅火焰。

達克法拉斯依照死亡馬古拉的命令，打算縮短跟聖哉間的距離。

「……已經太遲了。」

但聖哉同時將炎之劍大大往後一拉，往達克法拉斯衝過去。

兩者碰撞，驚人的衝擊力撼動房間。達克法拉斯原本高舉雙手，企圖抓住聖哉……但那雙手停在半空中，靜止不動——因為聖哉的劍刺進了它的胸口。

「灼熱的一點集中突刺……『鳳凰貫通擊（Phoenix Thrust）』……！」

下一秒，「劈哩」一聲！劍發出像是打碎冰的聲音，刺穿達克法拉斯的胸口！衝擊造成的胸口龜裂更逐漸擴散至全身！

聖哉收劍回鞘的瞬間，達克法拉斯的身軀就隨著火焰一起爆炸，粉碎四散。

「太、太好了……！我們贏了……！」

我如此低喃。馬修則不知何時用力抓住我的手臂。

「什、什麼啊……！這是怎麼回事啊……！勝算不是零嗎……！為什麼……為什麼……他能贏過那種怪物啊……！」

馬修的身體依舊在發抖，但是跟之前出於恐懼的顫抖不同。他臉頰泛紅，睜大雙眼，緊盯著那個將自己畏懼的怪物殺掉，仍毫髮無傷的勇者。

我也亢奮起來，朝一臉茫然的死亡馬古拉豎起中指。

「看到了吧！這就是一億人中才有一個的奇才啦！你活該！」

「怎麼可能……怎、怎、怎、怎麼可能……！」

死亡馬古拉渾身抖個不停，不斷往後退。

「你剛才罵我是笨蛋吧？但你才是笨蛋！就是你得意忘形說出攻略法，才會落得這種下場啦！」

聖哉整理亂掉的頭髮，同時低喃說道：

「不過就算他不說，我也能馬上找出解答。」

「嗯！說的也是！因為聖哉是完美的最強勇者嘛！」

我心情大好，笑瞇瞇地看著聖哉，聖哉則用看不出喜怒哀樂的表情望向死亡馬古拉。

「那麼……等我快速把剩下的另一隻收拾掉後，為了不讓達克法拉斯再次復活，我會使出全力對整個房間進行徹底的大掃除……」

「請便請便！你愛怎麼掃就怎麼掃，慢慢來沒關係！」

……我和馬修走出拷問室後，隱約聽到死亡馬古拉充滿絕望的慘叫聲。

第二十章　拿行李的

我拿著沾了水的冰涼毛巾回到房裡時，馬修已經醒了過來。他躺在床上，只轉過頭來看著我的臉。

「……這裡是？」

「是賽姆爾的旅館。」

幾小時前，當勇者結束他口中的「大掃除」，走出拷問室的瞬間，馬修緊繃的神經似乎放鬆下來，昏了過去。我請聖哉幫忙背馬修，然後叫出通往神界的門。用神界的門在異世界內移動可能牴觸統一神界的規則，不過我很擔心馬修的情況，所以抱著「算了，隨便啦」的心態穿過門，回到艾魯魯等著的賽姆爾旅館。

我正要開口說明以上的經過時……

「馬修————！」

原本在床邊打盹的艾魯魯發現馬修清醒了，撲向馬修。

「嗚咦咦！」

「太好了，太好了！我原本還擔心你要是從此一睡不醒該怎麼辦！真是太好了！」

「等、等一下，艾魯魯！馬修的身體還沒有完全康復喔！」

抱著馬修的艾魯魯放開痛苦呻吟的馬修。

「對、對不起，馬修，你很痛嗎？」

「不、不會，不痛啦，沒事。」

馬修苦笑了一會兒後，表情忽然變得嚴肅。

「奇怪……真的……都不會痛……」

馬修望向我。

「難道是妳幫我治好的……？」

我對馬修微笑。

「你的傷真嚴重，我花了一小時才治好呢。」

「……抱歉。這份恩情我不會忘的。」

馬修難為情地轉過頭去。這時，房門無預警地大大敞開，那個態度旁若無人的勇者站在門邊。

「蘑菇終於醒了嗎？」

即使被聖哉叫蘑菇，馬修也沒有生氣，還不好意思地說：

「謝謝你救了我。」

馬修道謝時沒有看著聖哉。以他這麼好強的個性來看，說出這句話就用盡了勇氣吧。不過聖哉不以為意。

「話說回來，你們如果準備好了就趕快出發吧。」

「聖、聖哉？讓他們再休息一下嘛，馬修他剛醒來耶。」

但艾魯魯和馬修聽到聖哉的話，看著對方。

艾魯魯小心翼翼地問：

「呃……出發是指？」

「我決定讓你們拿行李，所以你們快準備一下。」

喂，說什麼「拿行李」！好好說「要當夥伴」就好了啊！

我正擔心那兩人會有什麼反應，艾魯魯卻綻放出花一般的笑容。

「好耶！太好了！可以拿行李、拿行李！我好高興喔！」

「太、太好了呢，艾魯魯！」

這孩子懂拿行李的意思嗎……？

另一方面，馬修則理所當然地板起一張臉，用苦惱的表情說：

「我……在這次的事件中非常了解到，我們跟你們的程度的確相差太大了。他之前說的沒錯，我們再這樣下去會礙手礙腳，所以……所以……」

我暗自嘆息。因為馬修接下來想說什麼，我再清楚不過。拷問和達克法拉斯帶給他的心靈創傷果然很深。不，就算創傷消失了，如果馬修還是拒絕同行，那我也無話可說。

……然而，馬修在下一秒跳下床，在聖哉面前跪下磕頭。

「所以……請收我為徒！」

「……啥？」

我愣住了。

「我會努力不成為你們的負擔！當然也會拿行李！所以請讓我在你的身邊學習！我想變得跟你一樣強！拜託！請收我為徒！」

什、什麼……這孩子的內心比我想得還堅強呢……但是……太好了……！

聖哉對跪在腳邊懇求的馬修冷冷地說：

「只要你拿行李，凡事都無所謂。」

「是、是嗎！那就拜託你了……不……請您多多指教！」

艾魯魯對聖哉露出天真無邪的微笑。

「哎嘿嘿～請多指教～聖哉！」

「艾、艾魯魯！妳這笨蛋！要叫師父，師父！」

「……要怎麼稱呼都無所謂，隨便你們。」

聖哉似乎真的很不耐煩。我看著他們三個心想：

唔、嗯～雖然覺得跟一般的勇者小隊相差甚遠，不過那兩個龍族人照起初的計畫加入了我們，總之結果好就好吧？

艾魯魯拉拉我的裙襬，純真地笑了。
「莉絲絲也請多指教喔！」
「咦？『莉絲絲』？是指我嗎？」
「不行嗎？」
「不、不會，我無所謂……」
啊哈哈……我身為女神的威嚴……算、算了，沒差啦。
「那麼師父！我馬上想帶您去一個地方！」
「啊，馬修！你是要去『龍的洞窟』吧？」
「對，沒錯！」
龍的洞窟？艾魯魯好像知道，不過我是第一次聽到。
「嗳，馬修，龍的洞窟是什麼地方？那裡有什麼？」
……簡單來說，已故的納加西村村長告訴馬修的故事如下：

距今十六年前，有一隻龍從天上降臨納加西村。牠帶來的兩個嬰兒，就是馬修和艾魯魯。龍對納加西村的村長說：
「這兩個嬰兒身上流著濃郁的龍族之血，將會成為受到神啟而出現的勇者夥伴，守護蓋亞布蘭德免於邪惡的威脅。勇者出現時，他們要一起前往龍的洞窟，解除封印。到時會得到打倒邪惡的最強武器。」

我興奮地搖晃聖哉的肩膀。

「聖哉！他說最強武器耶！這一定要拿到才行！」

聖哉卻面有難色地看向掛在腰間的劍。

「我明明好不容易合成出『白金之劍』，還做了三把備用品……」

是、是這樣嗎？有點可憐呢！不過聖哉，冒險就是這麼回事！才剛辛苦拿到武器，馬上又會出現更強的武器！

「那、那麼我們換個心情，去那個什麼龍的洞窟吧！馬修、艾魯魯，麻煩你們帶路！」

當兩人露出滿臉笑容，迫不及待要出發時……

「不行。」

勇者的一句話讓時間停滯。

「在那之前，我們得先去另一個地方。」

「聖、聖哉……你、你、你難道……該不會是要……」

「嗯，就是神界。我們必須先修練。」

我失望地垂頭喪氣。

又、又來了嗎……冒險一下就馬上回去……感覺神界已經變成他的老家了……

「而且，接下來要去什麼龍的洞窟吧？那也必須做好和龍對戰的準備才行。」

馬修他們一聽，臉色不免發白。

「別、別這樣啦，師父！你是想滅了龍族嗎？」

「是、是啊！應該沒有任何一隻龍是壞的喔！」

「這種事不去怎麼知道。總之我要去神界，你們也一起來。莉絲妲，帶這些傢伙去也沒關係吧？」

「嗯……對……是無所謂……」

我雖然心情很複雜，但還是答應了。

既然他在統一神界修練有確實的成果，那我也沒什麼好說的。「等級要在當地跟怪物戰鬥提升」——要是依照我從寥寥數次的勇者召喚經驗中歸納出的異世界理論，聖哉應該早就被殺了吧。畢竟這裡是難度S的世界蓋亞布蘭德，之前的理論一概不適用。既然如此，乾脆都交給聖哉全權決定吧。

我詠唱咒語，讓門出現。

馬修和艾魯魯跟在聖哉身後，像要去遠足般開心地穿過了門……

抵達統一神界後，聖哉問我賽爾瑟烏斯大人人在哪裡。

賽爾瑟烏斯大人中午經常在食堂吃飯，現在也正值中午，我們決定去食堂找人。

我們走在神殿裡時，艾魯魯不停左右張望。

「嗳～嗳～莉絲絲！這裡就是神居住的世界嗎？」

「嗯，是啊。」

馬修也好奇地看著四周。

「這座神殿真的好驚人，不但又寬廣又雄偉，連裝飾的雕刻、繪畫，所有看得到的東西都像藝術品……我不太懂藝術就是了。」

「哇！你看那個花瓶！裡面插的是我沒看過的花呢，好漂亮喔！嗳～莉絲絲！我可以去看一下嗎？」

「先別管那個，艾魯魯！那邊那個人頭上有光圈耶！該不會就是天使吧？」

看到艾魯魯和馬修吵吵鬧鬧，我覺得很可愛。也是，一般人來到神界應該都是這種反應，不會只關在白色房間裡，連做好幾天自主訓練……

但不同於一般人的勇者像拎住貓的後頸，阻止四處亂跑的艾魯魯。

「不行，以後再說，我想早點進行修練。」

「嗚嗚！人家還想再多看一點啦！」

「但、但是聖哉，你要去見賽爾瑟烏斯大人是無所謂，不過我想他應該不想再幫你修練了。」

「沒關係，我找他是為了別的事。」

別的事是什麼事……？我一頭霧水地繼續走，來到了食堂。

我在廣大的食堂裡環視一圈，但賽爾瑟烏斯大人似乎不在這裡。

當我放棄尋找，準備離開食堂時，瞬間在對面廚房裡瞥見熟悉的臉孔。

穿著圍裙的男人在廚房裡輕叫了一聲「咿呀！」，雖然縮起身體試圖躲起來……但我沒看錯。

「賽爾瑟烏斯大人？」

我闖入廚房……並感到錯愕。

劍神賽爾瑟烏斯肌肉結實的身軀上套著花朵圖案的圍裙，手中抱著裝有蛋白霜的銀色大碗。

「……你到底在幹嘛？」

賽爾瑟烏斯大人被聖哉一瞪，連忙立正站好。

「聖、聖、聖哉先生！安──安！」

唔、唔哇……一點都不像男神……簡直把自己當成後輩了……而且，那鬍子臉配上圍裙……好不適合……

賽爾瑟烏斯大人眼神游移地說：

「呃，這個，那個……我之前也說過想放棄劍了。畢竟那很危險不是嗎？被砍到會流血不是嗎？」

啥！他之前的那番話是認真的嗎！明明是劍神卻真的想放棄劍？陪聖哉修練到底對他的心靈造成多大的創傷啊？

賽爾瑟烏斯大人難為情地將裝著蛋白霜的大碗拿給我們看。

「所、所以，最近我在做料理喔，就像這樣。啊……對了！有我剛才做的蛋糕，你們不介意的話，能幫忙試吃看看嗎？」

他把蛋糕放上盤子，遞到聖哉面前。蛋糕上放著一顆草莓，看起來有模有樣，實在不像是眼前這個肌肉猛男做出來的。

然而，聖哉一看到蛋糕就說：

「好難吃，我不要。」

「！你明明都還沒吃耶！」

賽爾瑟烏斯大人大喊。還沒吃就播說難吃，任誰聽到都會驚叫出來吧。

「怎、怎麼這樣……！我很有自信的說……！」

可憐的賽爾瑟烏斯大人發現一旁有個應該會喜歡甜食的紅髮少女，露出微笑。

「怎麼樣？妳不介意的話，要不要吃吃看？」

他把叉子和盤子一起遞出，但艾魯魯也搖搖頭。

「不，我不要。感覺蛋糕裡好像加了肌肉……」

「！我才沒有放肌肉進去！再說，肌肉要怎麼放進蛋糕啊！」

聖哉則一直瞪拿著沒人要吃的蛋糕，可憐兮兮的賽爾瑟烏斯大人。

「聽好了，賽爾瑟烏斯，我不打算批評你的興趣，不過你既然有本業，就應該以本業為優先。」

「本、本業？」

「當然就是這個。」

聖哉從刀鞘裡拔出白金之劍，劍身發出耀眼光輝。這瞬間——

「不、不要——！我已經不想再修練劍技了——————！」

賽爾瑟烏斯大人發出慘叫。他叫得太慘，連馬修都嚇到說：「這、這個大叔還好嗎？」

不過聖哉推著馬修的背，把他推到賽爾瑟烏斯大人面前。

「你放心，這次的對象不是我，而是這傢伙。」

馬修也和賽爾瑟烏斯大人一樣驚訝。

「咦？師、師父，不是你來教我嗎？」

「你要跟我練還太早了。這傢伙配你剛好。」

「喔～聖哉，你有為馬修著想嘛。」

「哪有想什麼，我只是覺得他以拿行李的來說太弱，可能會讓我的東西被怪物偷走，所以得變強一點才行。」

賽爾瑟烏斯大人對身高不到自己一半的馬修上下打量。

「你、你是聖哉先生的弟子嗎？那個……我可以透視一下你的能力嗎？」

「好啊，無所謂。」

賽爾瑟烏斯大人小心翼翼地發動能力透視。過了一會兒後，露出疑惑的表情。

「嗯？你沒使用偽裝技能吧？」

「……沒有啊。」

下一秒，賽爾瑟烏斯大人脫掉花朵圖案的圍裙。

「很好，不錯！要修練是吧！我的訓練很嚴格喔！做好覺悟吧！哇哈哈哈哈哈哈！」

「這、這個大叔是怎麼回事？情緒亂七八糟的！」

馬修吐槽得對。賽爾瑟烏斯大人……不，我看以後別再加「大人」了。賽爾瑟烏斯這個人……不行啊……！一得知對方比自己弱，馬上就變成這種態度！我絕對不想跟這種類型的人來往！

賽爾瑟烏斯意氣風發地帶著馬修走出廚房後，聖哉看向剩下的艾魯魯。

「好，接下來換這傢伙了。」

「咦咦！我、我、我也要嗎——————！」

艾魯魯吃驚的聲音在廚房裡響起。

第二十一章　軍神

「我記得這個小不點也擅長火焰魔法，跟我的屬性重疊了。」

聖哉完全無視慌張的艾魯魯，對我說：

「莉絲妲，神界有掌管火的神嗎？」

「火神啊，我是有想到一個……」

「好，帶我們去。」

「嗯，我知道了。」

我正要邁開腳步時，艾魯魯抓住我的裙襬，不安地抬頭看我。

「怎麼了，艾魯魯？」

「嗳，莉絲絲，我問妳喔……火神大人像妳一樣溫柔嗎？」

她可能是把「火神」想像成脾氣火爆的神吧。我對艾魯魯微笑。

「放心吧！火神赫絲緹卡大人跟賽爾瑟烏斯不一樣，是位優秀又親切的女神喔！妳放心！」

「這、這樣啊！太好了～！」

艾魯魯露出跟平常一樣開朗的笑容。

我帶他們來到穿過中庭就抵達的水鏡之池。那裡雖然在神殿的範圍內，卻寬廣得像座小湖，水面清澈透明，是座美麗的神界之池。我記得赫絲緹卡大人經常在那裡練習火焰魔法……

我一邊祈禱「希望她在」一邊往前走，看到遠方有隻以火焰魔法做成的鳥在空中飛舞。不會錯，是赫絲緹卡大人。

我想的沒錯，赫絲緹卡大人佇立在清澈見底的水鏡之池池畔，手臂上站著一隻巨大的火鳥。身為火神的她似乎很喜歡紅色，身上穿著深紅色洋裝，髮型也是紅色的長捲髮，所以猛然一看，全身都是鮮紅色。

我還沒開口叫赫絲緹卡大人，她就察覺到我來了。

「莉絲妲黛，感覺有一陣子沒見到妳了。」

「赫絲緹卡大人，好久不見了！」

赫絲緹卡大人用跟外表一樣迷人的聲音打完招呼後，瞥了一眼聖哉和艾魯魯。

「哎呀，他們是妳負責的勇者嗎？」

「是的！其實，我就是要找赫絲緹卡大人商量這件事……」

我問赫絲緹卡大人能不能教艾魯魯火焰魔法……

「為拯救世界的人類提供援助是神界諸神的義務。我很樂意幫忙。」

赫絲緹卡大人二話不說就答應了。

艾魯魯向赫絲緹卡大人鞠躬行禮。

「我、我叫艾魯魯！請多多指教！」

赫絲緹卡大人看艾魯魯緊張到渾身僵硬，溫柔地摸摸她的頭。

「這頭紅髮真漂亮，呵呵，和我一樣……對吧？別那麼緊張嘛，我不會太嚴厲的。」

「好、好的！」

「那現在就開始吧。先讓我看看妳會什麼火焰魔法……」

我看著艾魯魯朝天空放出火焰弓，同時跟聖哉離開了水鏡之池。交給赫絲緹卡大人我很放心，不過我很擔心賽爾瑟烏斯，所以之後得去馬修那邊看看才行……

我們沿著原路折返時，聖哉伸伸懶腰。

「好，那來找人指導我修練吧。」

我冷眼看著充滿輕鬆氣息的勇者。

——只有我覺得他是把吵鬧的小孩們硬塞給鄰居照顧嗎……

嗯～話說回來，要比賽爾瑟烏斯更強的神嗎？統一神界很大，有心要找的話應該很多才對，只是我一時之間想不出來。要先回神殿問阿麗雅嗎……

我一邊走一邊想，沒注意到前面的女神。

「咚」的一聲——彼此的肩膀撞到。

「啊？抱、抱歉！」

我馬上道歉，但那位女神……

「啥？妳這傢伙走路在看哪裡啊！」

揪住我的胸口，用低沉的聲音吼道。

「噫！」

那魄力十足的聲音及那副模樣，讓我心跳加速。

留著銀色短髮，一張帶點男孩子氣的漂亮臉孔，身上唯一穿著的只有纏繞胸部和下半身的鎖鍊——破壞女神瓦爾丘雷湊近我的臉。

「莉絲妲黛！妳這個三流女神！是想被我消滅嗎！」

「非、非、非、非常抱歉！請您原諒我，瓦爾丘雷大人！」

我發抖著死命道歉，瓦爾丘雷大人「哼」了一聲，咧嘴一笑。

「對了，莉絲妲黛，聽說妳抽中難度S的世界吧？目前進行得怎樣？」

「呃，這個，那個，算是還在努力……」

「呵！妳不可能啦！妳只是個三流女神嘛！」

「啊、啊哈哈哈，是、是這樣嗎？」

我一直陪笑臉。這時，胸部傳來奇怪的觸感。

「咦……」

我發現瓦爾丘雷大人用雙手抓著我的胸部！

「等、等一下！瓦爾丘雷大人！」

「哈哈哈！妳只有這對奶還不錯！不但比我大，揉起來還很有彈性呢！」

「請、請、請、請您住手！」

不過瓦爾丘雷大人不肯放手，揉得很起勁。等、等一下，再這麼揉下去的話……！

「呀啊！住、住手……不要……請您住、住手……！」

我淚眼汪汪地哀求瓦爾丘雷大人，她才終於罷手。

「好啦！這樣撞到我的事就不跟妳計較了！下次要小心啊，莉絲妲黛！」

她說完後笑著走掉了。

嗚嗚，這是性騷擾！那個變態女神是怎麼回事！這裡明明是神界，為什麼會有那麼惡劣的女神啊？

回過神來，聖哉正用憐憫的眼神注視著胸前衣物凌亂，快哭出來的我。

「妳……常被霸凌嗎？」

「才不是！瓦爾丘雷大人對誰都是那副德性啦！」

不過，其實一方面是因為我是菜鳥女神，神格較低，才會被她瞧不起啦！但是，我絕沒有被霸凌……我想這麼認為！

「不過，我好像從那個暴露狂身上感覺到很強大的力量。」

「暴露狂……話說，聖哉感覺得到嗎？沒錯，她是破壞神瓦爾丘雷大人——統一神界最強的女神。論在神界的地位，她僅次於大女神伊希絲妲大人，權力非常大，只是那種性格讓我不敢恭維就是了。啊……聖哉，不行喔，那個人雖然強得不敢置信，不過別找她修練，因為瓦爾丘雷大人非常難相處，如果有人違逆她，哪怕是男神或女神都可能會從這個世上被抹滅。更別提人類說了什麼對她不敬的話，一定會當場被殺——」

我一邊整理凌亂的胸口衣物，說到這裡後往前一看，發現聖哉不見了。

——咦……？

……聖哉竟然在距離我十幾公尺的前方，向瓦爾丘雷大人搭話。

「喂，暴露狂，跟我一起修練。」

呀啊啊啊啊啊啊啊啊啊！那傢伙在說什麼啊啊啊啊啊啊啊啊！

「喂，你叫誰暴露狂啊！」

瓦爾丘雷大人看聖哉的眼神就像看到殺父仇人。

「你這傢伙，該不會以為自己被召喚為勇者，在這裡的所有神就都會幫你吧？太得意忘形的話就宰了你喔，臭小鬼。」

「哦？那就試試看吧。」

我幾近發狂地闖入這兩人之間。

「住手、住手、請住手啊啊啊啊啊啊啊啊啊！聖、聖、聖、聖哉！快道歉！馬上道歉啊啊啊啊啊！」

不管聖哉再怎麼厲害也不可能打得過對方！瓦爾丘雷大人可是統一神界最強的神！而且這位女神跟伊希絲妲大人不一樣！要是惹她不高興，真的會被殺掉！

瓦爾丘雷大人渾身散發出驚人的霸氣，瞪著聖哉。

「不行，莉絲妲黛，道歉已經沒用了，我現在就要宰了這個人類！」

「別、別這樣！」

啊啊啊啊啊啊！再這樣下去，聖哉會在攻略蓋亞布蘭德前就先退場了啦！誰、誰來幫幫我啊啊啊啊啊啊啊！

就在這時……

「請等一下！」

隨著一道熟悉的聲音，前輩女神——阿麗雅氣喘吁吁地跑過來。

「瓦爾丘雷大人！請您息怒！」

「不行。區區一個人類態度這麼囂張，得把他碎屍萬段才行。」

「可是，他是為了攻略難度S的世界而召喚來的特別勇者！請您務必息怒！就看在我這個上位女神阿麗雅朵亞的面子上，拜託您放他一馬！」

瓦爾丘雷大人聽到阿麗雅的懇求，考慮了一會兒後——

「好吧，既然阿麗雅都這麼說了，我就原諒他吧。」

她接著將臉湊近阿麗雅。

「相對地，下次要讓我揉揉妳那對巨乳喔。」

「好、好的……」

瓦爾丘雷大人留下有點臉紅的阿麗雅和我們，愉快地笑著走了。

我大大地鬆了一口氣時，阿麗雅開始唸聖哉。

「你也太亂來了，聖哉！就說了，不可以對瓦爾丘雷大人用那種口氣說話！如果不是我剛好經過這裡，你知道事情會變成怎樣嗎？你這個人真的是！」

咦？阿麗雅……罵聖哉時，說話方式好像我，感覺有點奇怪……

但聖哉面不改色，冷靜地說：

「妳跟莉絲妲都太慌張了。那個女神只是逗弄我們，欣賞我們的反應而已。證據就是我從她身上完全感覺不到殺意。」

我跟阿麗雅兩人愣了一下，面面相覷。

「是、是嗎？這樣啊……既然聖哉都這麼說了，或許是這樣吧……」

我從剛才就覺得阿麗雅說的話有點奇怪。聖哉似乎也發現到了。

「倒是妳，為什麼說得好像我們很熟一樣？」

阿麗雅立刻回過神，以手遮口。

「抱、抱歉。」

「咳咳！」她咳了兩聲後，化解尷尬似的開口：

「先、先別管這個了。你們在找人代替賽爾瑟烏斯訓練聖哉吧？跟我來吧，我介紹一個人給你們……」

阿麗雅帶我們來到神殿的地下。我們走下長長的石梯後，在只有配置於各角落的火把光芒照亮的陰暗狹窄走廊上前進。

——神殿裡竟然有這種地方……我以前都不知道。

我再次對這神殿的廣大心生敬畏。阿麗雅在走廊盡頭的一扇門前停下，看來我們抵達目的地了。

木門隨著吱嘎聲打開。在牢房般無趣的石造房間中，有個少女盤著雙腿磨劍。

在昏暗的光線中，阿麗雅為我們介紹：

「這位是軍神雅黛涅拉。就武藝方面，這位女神的地位比賽爾瑟烏斯更高喔。」

不只神殿，整個統一神界也很廣大，住在這裡的男女神合計能輕鬆破萬。所以有很多神我連見都沒見過，軍神雅黛涅拉大人也是其中之一。

「雅黛涅拉，可以請妳訓練這位勇者嗎？」

雅黛涅拉大人聽到阿麗雅這麼問，用空洞的眼神看向我和聖哉。她的雙眼下方有很重的黑眼圈。

「訓、訓、訓練？訓練、人、人類嗎？嘻嘻嘻嘻嘻。」

從張開的嘴巴裡傳出不太流暢的聲音，沒有在整理的一頭長髮亂糟糟，身上的衣服破破爛爛，像個囚犯。老實說，她看起來完全不像女神，說白一點，或許有點噁心……

就在我這麼想時，身旁的聖哉說：

「真噁心。這女神還真噁心。嗯，好噁。」

喂——！怎麼可以想到什麼就說什麼啊！呃，雖然我的確也這麼想！不過一般來說，這種話會放在心裡吧！

我害怕會變得像瓦爾丘雷大人那時一樣，不過——

「嘻嘻嘻嘻嘻嘻，好、好啊，阿麗雅。我、我啊，很喜歡教、教、教別人。那、那就趕快開始吧。」

話一說完，雅黛涅拉大人就瞬間消失了。下一秒，我感到顫慄。雅黛涅拉大人在不知不覺間繞到聖哉的背後了！

我愣在原地，雅黛涅拉則是盯著聖哉「嘻嘻嘻」直笑。

「你、你的眼睛，有追、追上我的動作吧？不愧是阿麗雅推薦的人，資、資質不錯。是、是你的話，應該能學、學會吧。過去都沒人、能學會我的絕招『連擊劍』。沒、沒辦法，因為這是超越人、人類動作極限的神、神速劍技，身、身體好像都會先壞掉呢，嘻嘻嘻嘻嘻。」

唔、唔哇……繼瓦爾丘雷大人之後，這個人也很糟糕耶。聖哉，怎麼辦？就算是阿麗雅介紹的，還是先仔細考慮再決定比較好——

「好，我要學。」

「這麼快！」

不，這孩子怎麼在這時候就不謹慎了？剛才對瓦爾丘雷大人也是，也不看看對方是誰就出言挑釁，真是莫名其妙！

「就把妳的絕招『身體壞掉劍』教給我吧。」

「不、不對，嘻嘻嘻嘻嘻，是連、連擊劍啦。」

「叫什麼都沒差。總之跟我來吧，我們去召喚之間。」

「嘻嘻嘻嘻嘻，你、你真囂張呢。我、我知道了……」

聖哉帶著雅黛涅拉大人離開了。

被留下來的我用求救的語氣問阿麗雅：

「那、那兩個人沒問題嗎……？」

「雅黛涅拉的實力是貨真價實的。而且如果是聖哉，一定也能學會她的劍技。」

聽到阿麗雅這麼說，我稍微放心了，並再次向阿麗雅鞠躬道謝。

「阿麗雅，每次都麻煩妳，很謝謝妳。」

「沒關係，這是隨手之勞。只要在能力範圍內，我都很樂意幫忙。我只能這麼做……」

「……阿麗雅？」

阿麗雅一臉嚴肅地說到一半就閉上嘴。

「不，沒什麼。」

然後像往常一樣，露出溫柔的微笑。

第二十二章　芳心大亂

經過一天後，我去神殿中庭探視，看到馬修和賽爾瑟烏斯正在用木刀做訓練。

馬修汗流浹背，勇敢地出招，賽爾瑟烏斯則一臉輕鬆地閃避他的攻擊。賽爾瑟烏斯將馬修的木刀打飛，馬修低吟了一聲。

……表現得不錯嘛，賽爾瑟烏斯！之前還做過模仿海苔之類的傻事，但你也不完全是個笨蛋嘛！

我心中對劍神的評價稍微上升了一些時，賽爾瑟烏斯對馬修說：

「好，我們休息一下吧。」

「不，我要再練一下，大叔你自己去休息吧。」

「這樣啊，不要太勉強喔。」

賽爾瑟烏斯讓馬修留在原地繼續做揮劍練習，朝我走來。

「莉絲姐，馬修他滿強的喔，而且很有毅力，之後應該會變得更強。」

賽爾瑟烏斯笑著用毛巾擦汗，臉上的表情充滿自信。

「而且……我也很強。都怪那個狂戰士，害我以為自己很弱。直到跟馬修對打後，我才明白只是那傢伙強得不合理，我其實也非常強。」

「沒、沒錯，太好了呢。」

嗯，他要怎麼想都無所謂啦……不管怎麼樣，那兩個人似乎比我想像的還處得來呢。

雖然我也想找馬修說說話，但看他揮劍揮得那麼專心，我就直接離開中庭了。

艾魯魯交給赫絲緹卡大人我很放心，最讓我掛心的果然還是聖哉。但聖哉在修練時不喜歡有人進召喚之間，沒辦法一窺修練的情形。

不過當我送便當去給聖哉時，在召喚之間的大門附近夾在牆壁間的陰暗角落裡，看到雅黛涅拉大人盤著雙腿在磨劍。

「奇、奇怪？雅黛涅拉大人，修練呢？」

「現、現在是休息時間。聖哉還一個人在練、練習就是了。」

……啊哈哈，真是有其師必有其徒，兩邊都幾乎沒有休息。

「那聖哉表現如何？」

「他是個怪、怪傢伙，跟以前的勇者完全不一樣。讓我有點驚、驚訝。而、而且……」

「而且？」

「而且……嘻嘻……」

「！好可怕！您、您怎麼突然笑得好像發瘋一樣？」

「不，沒、沒什麼，只是想起訓練聖哉的過程，就覺得很、很開心……」

剛剛那是在回憶的笑？等一下，這女神真的沒問題嗎！

就在我開始替聖哉擔心時，召喚之間的門突然打開，聖哉從房裡探出頭，樣子跟平常沒兩樣。

「喂，雅黛涅拉，休息夠了嗎？我想快點繼續修練。」

「我、我馬上去……」

雅黛涅拉大人蹦蹦跳跳地朝門口走去，看起來很開心。等她進入召喚之間後，門馬上被關上了。

「……啊。」

我這才想到自己忘了把便當拿給聖哉。沒辦法，就像平常一樣從下面的門縫送進去。

——不過就我剛才所見，聖哉也跟平常沒兩樣，應該沒有特別需要擔心的地方……

接著，到了修練開始後的第二天中午。

我因為肚子餓而到食堂，卻目睹到令人驚訝的兩個人。

那並肩坐在食堂一角的兩個人不是聖哉和馬修嗎？馬修啃著麵包，聖哉用杯子喝水。

「咦咦！真難得！沒想到聖哉會在這種地方！」

聖哉一臉嫌麻煩地說：

「是這傢伙剛才突然跑來召喚之間，說什麼『非常希望能在中午休息時間跟您見面』，我沒辦法只好來見他了。」

「是這樣嗎，馬修？」

「呃、這個，難得有機會，我想至少跟師父一起度過中午……」

馬修真的很崇拜聖哉呢。也是，畢竟是聖哉將他從絕境中救出來的，那種心情我能了解。

「對了，師父有教我戰鬥時應該具備的心態喔！」

「是喔！嗳，他講了什麼？」

但我一在他們對面坐下，聖哉就從位子上站起身。

「我差不多該走了，雅黛涅拉還在等我。」

什麼嘛，真是的！好冷淡喔，人家偶爾也想好好聊個天嘛……

我看聖哉對馬修的道謝充耳不聞，轉身要離去，就對聖哉說：

「嗳，聖哉！明天我們要先回蓋亞布蘭德一趟喔！」

即使把明天算進去也只有三天。在這麼短的時間內，我實在不認為聖哉能學到雅黛涅拉大人的絕招。不過要是待太久，像上次一樣被伊希絲妲大人叫去就糟了。經過再三思考後，我不得不作出這個決定。

「抱歉，我還是很擔心蓋亞布蘭德的狀況。至於劍技，等我們去龍的洞窟拿到最強武器後，再回來學也行啊。」

但聖哉頭也不回地說：

「不，明天一天就夠了。」

「夠了是指……聖、聖哉？」

勇者一個人昂首闊步地離開了。

再、再怎麼說，應該沒辦法在僅剩的一天內學會吧……

我和馬修被聖哉留在原地。我靠近啃著麵包的馬修，找他攀談。

「噯噯，關於剛才話題的後續。聖哉教你的戰鬥心態是什麼？」

馬修一聽就雙眼發亮。

「哎呀，師父的想法完全讓我茅塞頓開！聽好了，莉絲妲！比如說在原野上要怎麼走！師父說：『要經常留意怪物的行蹤。要往右、往左、往上、往下看一遍後，再往右看。走的時候要一直重複這個步驟。』」

「呃……那樣就不能前進了吧……？而且這樣不會頭暈想吐嗎……？」

「會嗎？雖然很花時間，不過也很放心喔。不過我最有同感的是師父的名言！『要懷疑眼中看到的一切，連親兄弟也要當成敵人提防』……哎呀，我聽了真是深受感動！」

咦咦——那個疑神疑鬼又被害妄想的發言是怎樣……

然而，馬修微微一笑。

「不過莉絲姐！其實更帥的還在後面！師父對我說：『聽好了，馬修，我對你也心存懷疑。』！很帥氣吧！」

「不，你應該要生氣才對吧？」

「生氣？為什麼？」

「算了……馬修你覺得好就好……」

我看著馬修開心地吃著麵包，輕輕嘆了一口氣。

——唉……謹慎教又多了一個信徒……

當天晚上，我拿晚飯去給聖哉時，正巧碰到雅黛涅拉大人從召喚之間出來。

「啊！雅黛涅拉……大人……？」

正想問修練進度的我止住了口，因為我被雅黛涅拉大人的外表嚇到了。

她身上的破衣服換成純白的洋裝，一頭亂髮梳理得整整齊齊，原本死魚般的雙眼變得炯炯有神。看她這副模樣，用美少女形容也不為過。

「怎、怎、怎、怎麼回事？您怎麼完全變了個人！」

雅黛涅拉大人臉頰染上紅暈。

「因、因為，穿那樣見、見聖哉，我會不、不好意思……」

after

什麼！難、難不成她迷上聖哉了？話說，阿麗雅跟聖哉說話時也怪怪的……那個男人還真是女神殺手！他該不會有「吸引女神」這個技能吧？

雅黛涅拉大人似乎想起了聖哉，發起呆來。我搖了搖她的肩膀。

「那個，雅黛涅拉大人？請您振作一點！」

「啊……嗯。」

「總、總之，我們明天會先回去，所以關於學劍技那件事，就等以後再——」

「連擊劍嗎？聖、聖哉已經學會了喔。」

「咦？咦咦咦咦咦咦！騙人！您不是說以前都沒人學會嗎！說那超越了人類動作的極限之類的！」

「嗯，但、但聖哉學會了。他、他是天才，聞一就能知十。他是我、我唯、唯一認同的人類，而、而且……」

雅黛涅拉大人用失焦的雙眼望向天花板，口水從合不攏的嘴角流了出來。

「嘻嘻嘻嘻嘻……他真的……嘻嘻嘻嘻嘻……超、超棒的……！」

糟、糟糕！我有種非常不妙的預感！

看到雅黛涅拉大人的樣子，讓我更堅定明天回蓋亞布蘭德的決心。

今天是開始修行後的第三天。原本預定下午才走的我，決定提前在早上出發。

因為我有事先通知他們三人這件事，所以當我到中庭時，馬修已經在對賽爾瑟烏斯道謝了。

「謝謝你，大叔！多虧有你，我覺得自己變強很多！」

「我才要跟你說謝謝！多虧有你，我才能擺脫狂戰士的惡夢！」

兩人互相道謝後，熱情地用力握手。

話說這是什麼情形？他們兩個看起來都很開心是無所謂啦。

我突然有些好奇，一邊看著馬修一邊發動能力透視……

馬修

Lv：16

HP：1381　MP：0

攻擊力：921　防禦力：877　速度：790　魔力：0　成長度：47

耐受性：水、冰、毒

特殊技能：攻擊力增加（Lv：5）

特技：龍快擊

昇龍斬（Dragon Slash）

性格：勇敢

……咦咦？等級上升很多耶！ＨＰ也超過１０００了？這個等級就能贏過一般的魔物了呢！嗯～代表馬修果然很有潛力嗎？還是賽爾瑟烏斯其實很會教呢？

我向賽爾瑟烏斯鞠躬後，帶著馬修前往赫絲緹卡大人和艾魯魯所在的水鏡之池。

我們抵達水鏡之池時，看到艾魯魯獨自蹲在池邊。我上一次見到艾魯魯是在訓練第一天通知她今天要回蓋亞布蘭德的時候，在那之後我就沒來了。

馬修很有精神地向她打招呼。

「嗨！艾魯魯！」

「啊……馬修。」

「早安，艾魯魯！準備好了嗎？」

「唔、嗯！」

她看著我和馬修，像平常一樣笑了。可是，我覺得那張笑容有點生硬。

我偷偷對艾魯魯的能力進行透視……

艾魯魯

Ｌｖ：８

HP：384　MP：220

攻擊力：101　防禦力：172　速度：88　魔力：196　成長度：38

耐受性：水、冰、雷

特殊技能：火焰魔法（Lv：4）

特技：火焰弓

性格：開朗

……奇、奇怪？好像跟之前沒什麼變化呢。

這時，有人在專心於能力透視的我肩上拍了拍。我回頭一看，是赫絲緹卡大人。她在我耳邊小聲地說：

「莉絲妲，可以耽誤妳一點時間嗎？」

「可、可以。」

我們把那兩人留在原地，來到稍微遠離池畔的地方。赫絲緹卡大人語帶嘆息地說：

「關於艾魯魯的事……我就直說了。那孩子沒有火焰魔法的天分。」

「咦咦！是、是這樣嗎？」

「妳有透視過能力，應該也知道了吧？她的等級幾乎沒上升。」

赫絲緹卡大人一臉凝重地告訴我：

「一開始我以為是我的教法不好，但過了三天後，我確定那孩子不適合學火焰魔法。這一點不會錯。」

聽到這令人震驚的事實，我心裡很難受。赫絲緹卡大人也愁容滿面地低喃：

「艾魯魯是個非常好的孩子，她一直很拚命練習。可是莉絲姐妳也知道，學魔法跟天分有很大的關係。雖然很難啟齒，但那孩子沒有天分。為了她好，妳最好勸她早點放棄火焰魔法。雖然我不太清楚，不過應該有其他更適合那孩子的魔法屬性才對……」

我獨自回到池邊後，艾魯魯一臉歉疚地跑過來。

「莉絲絲……對不起。」

「咦？怎、怎麼了，艾魯魯？」

「我沒什麼成長吧？是這樣吧？剛才妳跟赫絲緹卡大人是在談這個吧？」

看到艾魯魯泫然欲泣的臉，我不但沒辦法說出真相……

「沒、沒有這回事！妳成長的速度的確慢了點，不過完全沒問題！慢慢來就好！赫絲緹卡大人也這麼說喔！」

還說了鼓勵她的話。艾魯魯聽了之後，露出跟平常一樣可愛的笑臉。

「是嗎！是這樣啊！那我會努力！因為我試過各種魔法，唯一能正常使出來的就只有火焰魔法！所以我以後也會拚命練習！」

「唔、嗯！沒錯！要保持這樣的決心喔，艾魯魯！」

……唉……不行……我真是個沒用的女神……

說完這番話後，我陷入強烈的自我厭惡。可是，我沒辦法告訴她這麼殘酷的事實。要說的話，我至少想找個適當的時機。不對，我連什麼時機適當都不知道……

——話說回來，原本赫絲緹卡大人與艾魯魯是我最放心的組合，結果竟然是這樣……事情果然不可能都稱心如意呢……

總之，我帶著馬修和艾魯魯前往召喚之間。

我們走到召喚之間時，聖哉正靠在召喚之間門旁的牆壁上。

「聖哉，可以出發了嗎？」

「可以。不過雅黛涅拉好像有東西要給我。」

有東西要給他？是、是什麼？

「她畢竟有教過我，所以我才會在這裡等她，但她一直沒回來。我再等一分鐘，到時她如果沒有回來，我們就出發吧。」

但聖哉才剛說完，雅黛涅拉大人就小跑步趕來了。她今天當然也打扮得很體面，臉上還畫了淡妝。

雅黛涅拉大人跑過來後，竟然直接撲向聖哉的胸口。

「咦咦咦！雅黛涅拉大人？妳、妳在做什麼？」

我大吃一驚時，雅黛涅拉大人抱緊聖哉，抬眼向上瞟著他，並用撒嬌的語氣說：

「聖哉……我、我希望你也帶、帶我一起去冒險……」

「呃，雅黛涅拉大人？負責聖哉的女神是我喔！」

「不、不然，我就當勇、勇者的夥伴，帶我去吧……」

「雅黛涅拉大人是女神吧？女神不能這麼做！」

「我、我就算不當女神也沒關係……！我想一、一直跟聖、聖哉在一起……！」

出乎意料的愛的告白把我嚇壞了。我勉強讓自己保持理智，觀察聖哉受到告白的反應。

但聖哉依舊是一張撲克臉且不發一語。雅黛涅拉大人拿出一小包東西交給聖哉。

「這是我、我的心意！我做、做了蛋糕！花了五、五、五個小時！希望你收、收下，聖哉……！」

竟然是手、手、手工蛋糕！收下那個就代表接受了對方的心意！不、不行，聖哉……

呃，等一下！說到蛋糕……！

這時，三天前聖哉把賽爾瑟烏斯的蛋糕貶得一文不值的景象在我腦海裡浮現。

不、不會吧！不管再怎麼樣，他不會對女生說那麼過分的話吧？你不收下沒關係……但至少……至少要注意自己的語氣啊，聖哉！

然而，聖哉馬上回答：

「好難吃，我不要。」

你、你竟然說了啊啊啊啊啊啊啊！這傢伙又沒吃就直接說「好難吃」了啊啊啊啊啊啊啊啊啊！

我戰戰兢兢地看向雅黛涅拉大人，結果不出預料，她已經燃燒成雪白的灰燼了。

對於這樣的雅黛涅拉大人，聖哉毫不猶豫地繼續補刀。

「我很感謝妳幫我做訓練，不過我們的關係僅止於此，我完全不知道一直在一起有何意義，而且我也完全不需要蛋糕。就這樣，再見。」

聖哉一個轉身，對她看也不看一眼，頭也不回地在大理石走廊上筆直前進，馬修和艾魯魯則連忙追在他身後。

「說……說的也是……像我這種人……嘻嘻嘻嘻嘻，跟蛋糕一樣完全不需要……咿嘻嘻嘻咿嘻嘻嘻嘻嘻咿嘻嘻嘻嘻嘻嘻嘻嘻嘻嘻嘻嘻嘻嘻嘻嘻咿嘻嘻嘻嘻嘻嘻……」

「雅、雅黛涅拉大人……嗚哇！」

我看向可憐的雅黛涅拉大人，瞬間忍不住大叫一聲。

因為從雅黛涅拉大人的雙眼中，流下了兩道血淚……

我用跑的追上聖哉後開口斥責他。

「嗳！雅黛涅拉大人很可憐耶！」

「可憐？我是為了救蓋亞布蘭德而借助她的力量。這有什麼不對？」

「我不是在說那個！我是指之後的事！你也不用說得那麼過分吧！你稍微考慮一下女生的感受好嗎！雅黛涅拉大人哭了耶！血淚流個不停耶！」

「誰管她。那跟我沒關係。話說回來，莉絲姐，把門叫出來。還有你們把行李拿好。」

聖哉將裝著道具的背袋交給馬修和艾魯魯。

唉……真是冷淡……雖然他說的或許沒錯，但感覺有點……照這樣看來，萬一讓他知道艾魯魯沒有魔法的天分……啊啊，光想就害怕……

我叫出通往地上的門時，神殿外傳來許多神的尖叫聲。

「嗚哇啊啊啊啊啊啊啊！雅黛涅拉大人在用劍亂砍中庭的雕像啊！」

「請、請住手，雅黛涅拉大人！」

「她瘋了！雅黛涅拉大人她瘋了啊！快來人阻止她啊！」

「她那麼強要怎麼阻止……嗚啊！」

外面亂成一團，聖哉卻一副事不關己的樣子，在門前梳起亮麗的黑髮，說出他的經典台詞。

「一切準備就緒。」

不是，現在不是說這個的時候吧！外面那團混亂該怎麼辦啊？唉，我不管了啦！這不是我的錯！

……我跟在瀟灑地穿過門的聖哉身後，逃也似的離開了統一神界。

第二十三章　伊札雷村

根據馬修的說法，龍的洞窟位於從克拉因城再往東走一段路的地方。他本人似乎也沒去過，而是聽故鄉納加西村的村長說的。村長也告訴過他：「龍族人只要走到那附近，應該就能感應到洞窟的位置。」

總之，我讓門出現在去救馬修時，伊希絲妲大人曾告知過的克拉因森林。等我們所有人都走出門後，聖哉立刻開始抱怨。

「既然要開門，應該先開在道具店前面才對。」

「道具店？為、為什麼？」

「我們接下來要去洞窟吧？火把就不用說了，像是食物、飲水等，有很多東西都必須準備才行。」

艾魯魯用詫異的表情仰望聖哉。

「可、可是聖哉，雖然那裡是洞窟，不過應該沒有魔物喔。我聽說那裡是封印最強武器的神聖洞窟呢。」

「不行，我們不知道那裡會有什麼，必須做好準備。」

「哎、哎喲，前往洞窟的路上一定會有城鎮或村莊，到時再順道去買就好啦。我們先走吧。」

我一邊安撫這個謹慎勇者，一邊邁開步伐。但我們一走出森林，聖哉又不高興地說：

「為什麼要特地用走的？叫伊希絲妲在龍的洞窟附近找個安全的城鎮，把門開在那裡好了吧。」

「不、不行啦！像那樣抄捷徑原本就是不好的！通常應該在之前開過的門附近重新開始才對！」

說到底，一般的勇者不會像聖哉那樣頻繁地往來於神界和異世界之間！

「明明說要拯救世界，卻做這麼沒效率的事，真不知道意義何在。」

「沒辦法啊！我已經說過很多次了，神界規定不能給人類過度的幫助！再說，偶爾在原野上走走也很有趣喔……沒錯吧，馬修？」

我對馬修使了個眼色，馬修就用力點頭。

「是啊！我想快點跟怪物戰鬥看看！想確認一下跟賽爾瑟烏斯大叔修練後，自己變得有多強！」

「你看吧！就是這樣！」

聖哉看我們有志一同，似乎死了心，輕輕嘆了一口氣後開始快步前進。

我們在聖哉的帶領下，在草原地帶走了大概二十分鐘。

「呼……呼……」走在後面的艾魯魯看起來很難受。所以我靠近她，打算幫她拿行李時，發現她在雙手間製造出小小的火焰。

「咦？艾魯魯，妳這是在做什麼？」

「啊，這個啊，是赫絲緹卡大人教我的，說這樣就能邊走邊練習魔法了。不過這麼做很累……」

「所以妳才會氣喘吁吁啊。」

「嗯！不過我希望在怪物出現時，能幫上聖哉跟馬修的忙！我希望自己也能派得上用場！」

聖哉似乎有聽到艾魯魯帶著堅強微笑的回答，回過頭來。

「妳不用這麼做。妳是負責拿行李的，只要把行李拿好就好。」

「是、是嗎～啊哈哈……」

艾魯魯雖然笑著，表情卻很落寞。

「等一下，聖哉！」

我正想罵這個一樣毒舌的勇者時……

「再說，怪物不會出現。」

聖哉低喃地說。

這麼說來，我們走了好一段時間，卻沒遇上半隻怪物。這一帶應該沒這麼平靜才對。究竟是為什麼？

不過，不久後在地平線彼方出現了蠢動的東西。我憑著勝過人類的視力，看到用雙腳行走的豬怪那醜陋的臉。

「馬修！你有看到那個嗎？那是半獸人吧？」

「喔，真的耶！是半獸人啊！拿來暖身剛剛好！來打一場吧！」

馬修拔出劍，正要朝遠方的半獸人衝去時，突然有隻巨大的火鳥出現在上空，飛向半獸人！那隻鳥的體積比赫絲緹卡大人在水鏡之池畔變出的火鳥大上一圈。牠迅速俯衝，用身體衝撞半獸人！半獸人瞬間被火焰吞噬，當場倒地不起！

艾魯魯抓住我的手臂。

「那隻怪物是什、什麼啊！」

「看起來像帶著半獸人自爆一樣！」

是怪物在自相殘殺嗎？不、不對，說到底，那隻鳥是怪物嗎？如果不是的話……

「各位小心一點！附近說不定有法師！」

我大喊後，馬修和艾魯魯都擺出防禦動作。在緊張的氣氛中，聖哉用平靜的口吻說：

「不需要小心，因為那是我做出來的。」

「「「咦？」」」

我們三個人呆愣地看向聖哉。

「那是『鳳凰自動追擊（Automatic Phoenix）』，在半徑五十公尺內偵測到怪物的邪氣，就會自動用火焰攻擊。」

啊，那原來是聖哉的魔法……？遠距離操控的火焰攻擊魔法——呃，是很厲害啦……

「真、真不愧是師父！不過下次有敵人出現的話，由我來解決吧！」

就在這時，艾魯魯大喊道：

「啊！馬修，又有敵人出現了！你看，就在那一邊！有樹妖在行走！」

有兩隻樹幹上刻著人臉，受到詛咒的樹怪「人面樹」朝我們這邊走來。

「很好！等著吧，人面樹！」

馬修拔劍出鞘，全力奔跑，但飛在空中的鳳凰速度遠超過他。鳳凰以滑翔輕易超越馬修，撞擊人面樹，讓兩棵樹同時起火燃燒。

馬修停下腳步，愣在原地。但我向艾魯魯大喊：

「妳看！後方又出現怪物了！」

大小跟人類孩童差不多的巨蟻「殺手蟻」成群結隊地朝這邊過來。

「艾魯魯！妳的火焰弓能打倒遠方的敵人！而且現在鳳凰才剛自爆，還沒再生！妳有機會！」

「唔、嗯！」

艾魯魯立刻拉開火焰弓，放出箭。

「去吧——！」

就在我們以為魔法箭不偏不倚地直擊到殺手蟻的瞬間，竟有新的鳳凰降落在箭的軌道上。鳳凰先用一邊的火焰翅膀「啪」的一聲打掉火焰箭後，撞上殺手蟻引發大火。

艾魯魯啞口無言，一旁的聖哉則自信滿滿地在胸前盤起雙手。

「沒用的。鳳凰自動追擊能秒殺30級以下的怪物，而且天上隨時都有三隻在，輪不到你們出場。」

「那、那我們不就不能跟怪物戰鬥了嗎……！」

馬修不免露出愁眉苦臉的表情，聖哉見狀則瞪著他。

「怎麼了，馬修？『不戰而勝』才是上上策——我之前不是才教過你嗎？」

「啊！說、說的對！」

「比起戰鬥，你和艾魯魯要注意的是行李有沒有散掉，知道嗎？」

「知、知道了！」

在這之後，聖哉繼續瀟灑地走在我們前頭。

我冷眼看著聖哉寬闊的背影。

……難怪我們沒遇到怪物。之前的怪物全被鳳凰除掉了。話說，讓馬修和艾魯魯戰鬥一下也好啊……不、不過，聖哉竟然連那麼上級的遠距離魔法都學會了，他的能力值現在到底變成怎樣了？可是就算問了，他應該也不會告訴我……

——好！時隔許久，來偷看一下吧！

我下定決心，對聖哉發動能力透視……

龍宮院聖哉

Lv：1

HP：111　MP：111

攻擊力：1　防禦力：1　速度：1　魔力：1　成長度：1

耐受性：火、冰、風、水、雷、土

特殊技能：火焰魔法（Lv：1）魔法劍（Lv：1）

性格：謹慎到超乎想像

……全、全部都是「1」？這偽裝做得太露骨了吧！哼！既然如此，雖然女神之力對眼睛的負擔很大，但我要卯起來用，直到看穿他的偽裝！來，上吧！解放洪荒之力吧！我的女神之力……奇、奇怪？

猛一回神，那些「數字1」從聖哉的能力值上跳出來，在我面前一字排開。接著那些跟食指長度相仿的「數字1」就像生物一樣搖擺身體。

「咿——咿——！」發出尖銳的嗚叫聲。

這、這是什麼啊……不、不過……呵呵！感覺有點可愛……正當我這麼想的瞬間，一堆「1」突然朝我眼睛飛來！用1的尖端戳刺我的眼睛！

「嗚哇啊啊啊啊啊啊！眼睛好痛啊啊啊啊啊啊啊啊啊啊啊！」

那實在太痛，讓我發出慘叫，走在我身旁的馬修身體震了好大一下。

「妳、妳幹嘛突然大叫啊，莉絲妲？害我嚇了一跳！」

「數、數字1！我還覺得數字1咿咿叫有點可愛的瞬間，它們就飛來刺進我的眼睛了啊啊啊啊啊啊！」

「？妳在說什麼？童話故事？妳該不會哈了什麼奇怪的草吧？」

「這不是吸毒的幻覺啦！」

當我們在吵吵鬧鬧時，聖哉冷眼盯著我。

「……又在做妳最擅長的偷窺嗎？」

「不要把我說得像犯罪者一樣好嗎！」

「隨便偷看別人的個資不就構成犯罪了嗎？如果這個世界有警察，我都想報警了。」

「既、既然如此，那就把能力值告訴我啊！」

「不行，妳沒必要知道。順帶聲明，剛才的陷阱是單純的警告。下次妳再看，我就破壞妳的雙眼和頭部。別再看第二次了。」

不只雙眼，連頭部也……？咕嚕……！我、我看這一陣子還是別看為妙……！

我心驚膽顫地放棄透視聖哉的能力。

不久後前方出現田園景色，田地四周零星地散布著小木屋。看來我們來到了一個小村莊。

「嗯，我們在這裡採買道具吧。不過品項大概會很少。」

有個拿著鋤頭的大叔走到聖哉面前，對我們親切地微笑。

「嗨，旅人們，歡迎來到本村。這裡是伊札雷村唄。」

聖哉從懷中拿出聖水，倒在大叔臉上。

「噗哇噗！你幹嘛突然這樣！」

「嗯，是人類。」

「呃，聖哉！不要再灑聖水了啦！死亡馬古拉也解決掉了，應該不會再出現不死者了啦！」

「或許會有不死者想這樣誤導我們，不能大意。」

聖哉轉頭看向馬修。

「聽好了，馬修，我要傳授你新的格言，要記得喔──『一旦忘了不死者，不死者就會來』。」

「『一旦忘了不死者，不死者就會來』嗎……！唔～！又是一句打動人心的經典名言啊！」

這、這句話到底哪裡打動人心了……我完全無法理解……

那位村人大叔也跟我一樣，一臉厭煩地看著自己被聖水弄濕的衣服。

「都溼答答了唄……幹嘛啊……」

「喂，我問你，這個村子的道具店在哪裡？快告訴我。」

「都、都做了這種事，竟然還用這種高高在上的態度發問，真是服了你唄……從這裡往前直走到盡頭後右轉，就是道具店了……」

就如一臉不爽的大叔所說，我們直直地走後馬上就看到道具店的招牌了。

艾魯魯疑惑地歪頭。

「奇怪，已經到道具店了？不是要在道路盡頭右轉嗎？」

「可是招牌上寫著道具店啊。」

「一定是那位大叔被聖哉倒了聖水想洩憤，才會撒謊吧……」

我們走進道具店。但一進到店裡，有股奇怪的感覺襲來。聖哉似乎也感覺到了，把手指放在腰間的刀鞘上。

「歡迎光臨。」

隨著沙啞嗓音，從商品陳列架另一頭走出來的是個子極為矮小，身材圓滾滾的老闆。但是，從那男人身上微微散發出某種氣息。那是……

我阻止將劍架在腹部前的聖哉。

「等、等一下，聖哉！這個是矮人！雖然分類上屬於怪物，不過他們幾乎不會襲擊人類，過著很和平的生活！」

聽到我的大喊，一名跟老闆一樣嬌小的年長女性及一名男孩從店裡跑出來。他們見到拿著劍的聖哉，大驚失色。

「請、請您住手！我先生到底做了什麼！」

「住手！不要欺負爸爸！」

身高只到我膝蓋左右的矮人少年對聖哉大聲抗議。聖哉似乎也感受到對方沒有敵意，收起劍對一臉畏懼的老闆說：

「喂，這店裡有沒有賣火把？」

「是、是，有、有的……您難道是要去那個洞窟嗎？」

「你知道那裡？」

「知道。東邊的岩石地帶有個洞窟，不過裡面一進去就是盡頭……」

馬修拍了一下大腿。

「就是那個！只要我和艾魯魯解開封印，一定能到牆的另一邊才對！」

「原來如此，總之先買火把吧。」

「噯，噯，聖哉，我想到了，只要用你的火魔法，沒有火把也很亮吧？」

「不行，我不想無謂地消耗ＭＰ。」

這時，艾魯魯精神十足地舉起手。

「那、那麼，聖哉！用我的火魔法吧！我的ＭＰ就算減少也沒關係吧？」

面對艾魯魯的提議，聖哉一口回絕。

「不需要。比起妳的魔法，火把還比較可靠。」

「聖哉！你、你這個人啊！」

我如此大喊，艾魯魯則勉強擠出笑容。

「沒、沒關係，莉絲絲，我的火焰也的確不太穩定。」

「艾魯魯……」

艾魯魯這麼努力想幫上忙，感覺有點可憐。

搞什麼啊，聖哉這傢伙真是的！這點小事讓艾魯魯做有什麼關係！

然而，聖哉似乎已經打定主意要買火把。他從小袋子裡拿出金幣，並看向馬修。

「喂，馬修，考你一個問題。我們接下來是第一次去洞窟，要買幾根火把才夠？」

「五十根！」

「！馬修？」

馬修馬上回答出誇張的數字，害我大叫。

這、這傢伙中聖哉的毒太深，對道具的概念完全錯亂了！

然而，聖哉還是搖搖頭。

「可惜你答錯了。洞窟的構造可能像迷宮一樣，也就是說，進去後或許要幾十天才出得來。此外，也可能會遇上怪物吐水攻擊，弄濕我們手上的火把，讓火把報銷。再來，等拿到最強武器後，也需要回程用的火把……這樣最少需要五百——」

「請給我五根！」

我打斷聖哉的話，向老闆購買。

我將明顯不服氣的聖哉硬推到店外時，矮人老闆跟他的妻兒面帶笑容地目送我們。

「多謝惠顧。各位冒險者，願克羅斯德・塔納托斯保佑你們……」

克羅斯德……？我沒聽過這個名字。是受這一帶居民崇拜的精靈嗎？

這件事我沒特別放在心上。在那之後，我們在其他店買到乾糧和水，總算正式動身前往龍的洞窟。

第二十四章　龍的洞窟

矮人老闆說的沒錯，走出村子後往東走，地形逐漸改變。不久前還走在草原上的我們現在來到岩石地帶，踩著大小不一，形狀各異的岩石前進。

不過這片岩石地帶非常廣闊，讓我很後悔沒在道具店問清楚洞窟的位置。這時艾魯魯舉起手給我看。

「莉絲絲，妳看。」

艾魯魯的手背上竟浮現出看似龍的紋章，還發出光芒。馬修的手上也有同樣的紋章在發光。

「雖然是第一次來，不過我們就是知道，一定是那邊……」

馬修和艾魯魯依循著紋章的指引，在岩石上前進，我跟聖哉則緊跟在後。

不久後兩人停下腳步。那裡有座巨大岩壁高高聳立，岩壁下方則開了個大洞。

「看來我們到了。」

聖哉取出火把點火。這次換聖哉走在前頭，帶我們進入洞窟。

聖哉把腳步放得很慢很慢，謹慎地在洞窟內前進，但他還走不到五十步就到了盡頭。

「啊，你看！已經走到盡頭了！果然不需要火把吧！」

我一臉得意地說。

「那不重要，妳看這個。」

聖哉指向眼前的岩壁。

——自、自己理虧就裝沒事……！面對他這種個性，我已經氣到羨慕起他了……！

算了，總之正如聖哉所言，岩壁上畫著巨大的龍族紋章，看起來像壁畫一樣。紋章下方刻著兩雙手的輪廓。很顯然地，只要馬修和艾魯魯把手放上那裡，就能解除封印了。

「好了，艾魯魯！輪到我們出場了！」

「嗯！」

當他們正要舉起手時，從聖哉那邊傳出骨頭壓迫的「啪嘰啪嘰」聲響。大家嚇了一跳看向聖哉，發現他對著巨大的岩壁拔出白金之劍。

「聖、聖哉？」

下一秒，聖哉使出像鳳凰炎舞斬一樣留下殘影的高速劍技，開始不斷猛砍堅固的岩壁！巨響在岩洞裡迴盪，令人想掩住耳朵！

「喂！你要幹嘛……」

我原本想阻止……卻忍不住看聖哉看得出神。聖哉揮劍的手臂像在圓滑地畫圓，又像在甩鞭，用力打在岩石表面。那是我至今從未看過的劍法。即使那流暢且華麗的斬擊非常激烈，聖哉的呼吸卻不見一絲紊亂。

「……把手臂和手腕的關節練到極度柔軟，將斬落、斜劈、橫砍、敲打等劍技結合在一次的攻擊中，並不斷重複同樣動作——這就是……」

他說到這裡時！堅固的岩壁產生龜裂！剎那間，擋在我們面前的牆發出轟然巨響，崩塌下來！

「這就是……『連擊劍（Eternal Sword）』……」

在目睹雅黛涅拉大人直傳的絕招後，比我更啞口無言的是那兩個龍族人。

「竟、竟然硬解除了封印……！」

「根、根本不需要我們兩個嘛……！」

聖哉無視可憐的兩人，走向崩塌的牆壁後方。

我幫馬修和艾魯魯打氣後，追著聖哉進入岩壁後方。而我們一進去，又驚訝到啞口無言。我們還以為那裡會放著巨大的寶箱，卻是空無一物的狹窄空間。

「奇、奇怪？這裡不是應該有最強的武器嗎？」

我們環顧四周也一樣空蕩蕩的，只有地面上畫著一個魔法陣。當我有種被潑冷水的感覺時，魔法陣竟在下一秒忽然發光，同時四周也響起威嚴的聲音。

「繼承龍之血脈的我族同胞啊……很高興看到你們來到這裡……」

「怎、怎麼了？」
這個聽似男性的聲音，似乎是從魔法陣傳出來的。
「勇者大人……請您站上這個魔法陣。我會打開通往我們龍族居住的龍之鄉的大門，將在那裡授予您最強的武器——伊古札席翁。」
伊古札席翁……！那就是能打倒魔王的最強武器名字……！
「各位，聽我說！這一定就像我叫出來的門一樣！能從這個魔法陣傳送到龍之鄉！」
「龍之鄉啊！那就是我和艾魯魯真正的故鄉吧？」
「唔、嗯！感覺心跳好快喔！」
「好！那我們快走吧！」
當我們興奮地要踩上魔法陣時，聖哉伸出一隻手阻擋我們。
「等一下，太危險了，說不定是陷阱。」
「咦……聖哉……你說陷阱？」
聖哉抓來一隻在岩壁上爬行的蜥蜴，放在魔法陣上。
「好，我們全都上來了。」
他面不改色地對魔法陣撒謊。
咦咦！我們沒有上去啊！上去的是蜥蜴啊！
『那麼將各位傳送至龍之鄉。』

聲音的主人一說完，蜥蜴被光芒包裹住，被吸進魔法陣消失了。

不久後，從魔法陣傳來了威嚴卻有點不安的聲音。

「呃……請問……傳送來的好像是蜥蜴……」

「嗯，那麼，這次你可以把蜥蜴傳送回這邊來嗎？」

「到、到底為什麼要這麼做……？」

「別管這麼多，快點。可不能說你辦不到喔。」

「我、我知道了……」

不久後蜥蜴被傳送回來。聖哉目不轉睛地觀察著蜥蜴。

「嗯，蜥蜴外觀沒有異常，看來這個不是把我們送到異次元，一網打盡的陷阱。」

「……我、我不會……做、做那種事啦……」

魔法陣的聲音不知何時已威嚴盡失。

……經過一番波折後，我們終於被光芒包圍，被魔法陣傳送出去。

「歡迎來到龍之鄉。」

這個聲音和在洞窟聽到的一樣，我看向聲音的主人——

「咦！」

不小心大叫一聲。

對方雖然像人類一樣用雙腳站立，穿著麻布做的衣物，模樣卻是一隻大蜥蜴。突出的嘴巴裡長著短短的尖牙，講出人類的語言。

「也難怪您會受到驚嚇，因為我們『龍人』的外表跟人類相差甚遠。」

龍人瞇起爬蟲般的雙眼，彎起嘴角，看起來應該是在笑。

「不過我剛才也嚇了一跳。對魔法陣說『歡迎來到龍之鄉』，卻只出現一隻小蜥蜴。」

「真、真是不好意思……」

我道歉後，龍人「呵呵」笑了。

「能把世界託付給如此謹慎的勇者大人，讓人很安心……哎呀，我還沒報上名字。我叫拉戈斯，是龍之洞窟的守門人。」

拉戈斯走向房門，伸手打開。

「來吧，龍王母大人正在神殿等著各位，由我來為各位帶路……」

走出門外後，我們置身於城鎮之中。不過，這裡的景象跟之前在蓋亞布蘭德看到的城鎮村莊不一樣。聽到「龍之鄉」這個名字，我還以為是個充滿田園氣息的地方，但這裡比較像統一神界，造型優雅細膩的建築物林立，藝術性濃厚，類似地球上的巴洛克風格。

我們好奇地東張西望，拉戈斯則一邊走一邊說：

「龍之鄉是位在跟你們那裡有一海之隔，距離相當遙遠的的西邊大陸尤雷亞。尤雷亞是塊被濃霧籠罩，人類尚未抵達的夢幻大陸。人類如果要來這裡，除了通過那個魔法陣之外應該別無他法。」

……原來如此。不管在哪個世界，龍都是接近神的存在。只要人類世界沒發生什麼大事，他們都過著遠離人煙的隱居生活啊。

我們在拉戈斯的帶領下走在路上，擦身而過的龍人們一看到馬修和艾魯魯，就紛紛驚呼。

「那就是馬修大人和艾魯魯大人嗎！」

「馬修大人！真是精悍呢！」

「是啊，艾魯魯大人也很漂亮呢！」

看到龍人們用欣羨的眼神望著自己，馬修掩飾害羞似的問拉戈斯：

「我、我問你喔，為什麼我和艾魯魯長得跟這裡的人完全不一樣？」

「我們『龍人』原本是介於龍與人之間的生物，但大部分因為龍血的影響比較明顯，所以外表也比較接近龍。」

聖哉聽到這裡就說：

「也就是說，這兩個傢伙是龍血比較稀薄的次級品嗎？」

「是、是這樣嗎……？」

「是、是這樣啊……」

聖哉直白的話讓馬修和艾魯魯陷入沮喪。我正想斥責聖哉時，拉戈斯朗笑起來。

「不不！是相反，勇者大人！馬修大人和艾魯魯大人才是被選中的人！這兩位大人是肩負著我們一般龍人無法達成的偉大志業的龍人啊！」

「那是什麼意思？」

馬修追問，拉戈斯卻搖搖頭。

「詳細情形等各位見到龍王母大人後，直接向她請教吧。」

拉戈斯說完後閉口不談。這時換艾魯魯和他搭話。

「嗳、嗳，拉戈斯先生，難不成我和馬修的親人在這裡？比如爸爸或媽媽……」

而拉戈斯沉默了半晌後回答：

「這件事令人非常遺憾……馬修大人、艾魯魯大人，兩位的雙親早在十幾年前，因為罹患當時流行的瘟疫而離開人世了。至於其他親人，我聽說也都在那時就……」

「是、是嗎……」

「艾魯魯……妳還好吧？」

「唔、嗯！我早就有這種預感了！再說我還有馬修在，所以不要緊！」

看到堅強的艾魯魯，拉戈斯露出微笑。

「在這裡的龍人都兩位當成家人喔。而且，龍王母大人就像我們所有龍族的母親，她很期待你們兩位的到來。」

「這樣啊！真想快點見到她呢！」

艾魯魯天真無邪地笑著。

——龍王母……對龍族而言像母親的存在嗎……不知道她是不是對我們女神來說，像伊希絲姐大人一樣高貴又溫柔呢？

我們在拉戈斯的帶領下走進神殿，豪華程度足以媲美統一神界的神殿。

在長長的紅色地毯盡頭，我看到坐在王座上，身旁圍繞著龍人侍從的龍王母。

或許是龍王母看到我們來了，緩緩站起身。

「很高興你們來了，馬修和艾魯魯，還有勇者和女神啊，本宮就是統治這個龍之鄉的龍王母。」

光聽她的聲音，的確有高貴的感覺。頸項上戴著看似昂貴的項鍊，身上穿著裙襬及地的橄欖綠禮服。不過，禮服下的肌膚呈現像爬蟲類的黃褐色，有一雙看不出感情的冰冷雙眼及突出的口鼻。

龍王母也跟其他龍人沒什麼兩樣，是一隻直立的大蜥蜴。

——唔、唔哇……跟伊希絲姐大人完全不同。而且……即使恭維也稱不上漂亮……

龍王母瞪大一雙爬蟲類的眼睛，用嚴肅的語氣說：

「好了……情況緊急。正如已故的黃龍帝在百年前的預言，邪惡正想吞噬這個世界。魔王以北方的極寒大陸亞佛雷斯作為據點，正逐步展開侵略。」

龍王母面不改色地說出驚人情報。我不禁喊道：

「亞佛雷斯大陸……！魔王城就在那裡啊……！」

我把之前就想到的想法說出口。

「既然知道魔王城的位置，就能用聖哉的小隕石飛來衝一口氣破壞掉了！」

但魔王母搖了搖粗脖子上的頭。

「沒用的。在那座巨大的城堡四周覆蓋著能反彈外部攻擊的反射魔法障壁，要是用隕石撞擊，會反彈回施術者那裡。」

這、這樣啊……事情果然沒那麼簡單……

「不過妳可以放心，馬修和艾魯魯就是為了這個而存在的。」

龍王母瞇起眼睛看了看這兩個龍族人後，向馬修招手。

「馬修，過來一下。」

「咦！我、我嗎？」

馬修戰戰兢兢地走過去後，龍王母把手放在他頭上。

「本宮來教你龍人變化的祕訣吧。」

龍王母的手一瞬間發出了光芒。下一秒……

「馬、馬修？」

我大叫一聲。馬修臉和手腳的皮膚漸漸變成了黃褐色！身體和臉的輪廓同時也開始改變……

「咦、咦、咦！等、等一下，我現在變成什麼樣子了！」

馬修不安地叫嚷起來時，已經完全變成蜥蜴人——不，龍人了。

「好，讓本宮看看。來人啊，拿面鏡子來。」

龍王母的侍從照她的話拿來一面手鏡。

「唔哇……」

馬修看著完全變了樣的自己感嘆。龍王母笑著說：

「呵呵，突然變成龍人的樣子都會不習慣。不過馬修，你現在的能力提升不少喔。」

「是、是嗎……莉絲姐！可以幫我看看我的能力值嗎？」

「好、好啊！我知道了！」

我發動能力透視後，倒抽一口氣。

馬修

Lv：16

HP：13810　MP：0

攻擊力：9210　防禦力：8770　速度：7900　魔力：0　成長度：57

耐受性：火、冰、毒

特殊技能：攻擊力增加（Lv：5）　龍人化（Lv：3）

特技：龍快擊
　　　昇龍斬
性格：勇敢

……等級沒有變，但是……

「好、好厲害喔，馬修！你的能力值變成原來的十倍了！」

「真、真的嗎！但、但是，經妳這麼一說……力量湧了上來！現在好像變得無所不能了！」

馬修起初對自己外表的變化很不滿，現在卻驕傲地朝聖哉喊道：

「你看，師父！我變得這麼強了！」

「嗯，不過別太靠近我。你現在看起來像怪物，會讓我忍不住想砍下去。」

「！太過分了，師父！」

「但話說回來，真令人驚訝。幹得不錯嘛，馬修。」

馬修難得被聖哉稱讚，看起來很開心。然而……

「大概是我能力值的三十分之一吧。」

聖哉的無心之言讓馬修大受打擊。

「咦……只有師父的三十分之一……？我明明都龍人化了……？騙人……您是說真的

嗎……？」

不久後馬修無精打采地變回人類。聖哉不明白馬修的心情，還拍他的肩膀說：

「太好了，這樣能拿更多行李了。」

「是、是的……」

——馬修原本還在為能力值上升十倍而高興的說……！太可憐了……！話說聖哉的能力值竟然是馬修的三十倍，這個勇者到底有多強啊！

不過，龍王母笑瞇瞇地對沮喪的馬修說：

「馬修啊，你要繼續修行，一旦時機成熟，就有可能從『龍人』變成『神龍』。到時候能力值會提升得更高喔。」

「真、真的嗎？」

「當然了。因為你是被選出來的龍族，潛藏著這種潛力啊。」

「好！我會加油！」

艾魯魯在一旁看著充滿期望的馬修，按捺不住地喊道：

「龍、龍王母大人！您、您也能幫我龍人化嗎！」

「不，艾魯魯，妳不需要那個。」

「咦……怎、怎麼這樣……！」

不只聖哉，連龍王母都對棄艾魯魯於不顧。艾魯魯都快哭出來了。

然而，龍王母溫柔地對艾魯魯說：

「放心吧，妳有比馬修更更偉大的使命喔。」

「真、真的嗎？那是什麼？」

面對雙眼放光的艾魯魯，龍王母從口中吐出又紅又長，前端分叉的舌頭。

「艾魯魯啊，妳要奉獻妳的生命，成為最強的聖劍伊古札席翁。」

第二十五章　聖劍的儀式

「……咦？」

艾魯魯僵在原地。我和馬修也說不出話。

我以為是我哪裡聽錯了，追問龍王母：

「請、請問……您剛、剛才說了什麼？」

「嗯嗯？本宮是說，這女孩艾魯魯是要成為伊古札席翁的命運之子啊。」

「那、那是什麼意思！伊、伊古札席翁不是武器嗎！」

「當然，它是擁有最強的力量，能打倒魔王的聖劍啊。那把劍是以人類的外型誕生，要奉上龍族女子的生命，才會在世人面前顯露真正的姿態。」

龍王母用像在閒話家常的平淡語氣，述說著令人戰慄的真相。

「艾魯魯在人類的世界生活了十幾年，沐浴著人類的氣息，變成了更適合成為伊古札席翁的容器。艾魯魯啊，本宮真的很羨慕妳，妳將成為拯救世界的力量。請化為聖劍伊古札席翁，永遠地活下去吧，妳是我們龍族的驕傲。」

龍王母和她背後的侍從都打開長滿細小尖牙的嘴巴，露出滿臉笑容。

「好了，本宮來準備聖劍的儀式。儀式會在今晚用完最後的晚餐後進行。艾魯魯啊，在那之前妳就和夥伴們一起悠閒地度過吧……」

在那之後，我們失魂落魄地走出龍的神殿。

有好一會兒都沒人吭聲，只是茫然又徬徨地走在龍之鄉裡。

最後，馬修下定決心似的開口：

「艾魯魯……妳……打算怎麼做？」

「怎、怎麼做……是指什麼？」

「笨蛋！這還用說！當然是犧牲性命，變成伊古札席翁啊！妳真的願意這麼做嗎！」

艾魯魯露出有些為難的表情說：

「嗯……但是既然這就是我的使命，那也沒辦法吧。」

「竟然說沒辦法……妳怎麼能這麼說啊！」

「哎嘿嘿。」艾魯魯笑了。

「但是，因為我一直很想幫上大家的忙啊！所以能達成這個願望，我有點開心！成為劍就能永遠活下去，還能拯救世界！龍王母大人也說了，這果然是非常光榮的事！」

「艾魯魯……」

馬修垂下頭，而艾魯魯看向我。

「嗳，我說的沒錯吧？這樣就好了吧，莉絲妲？」

「是……是啊……」

我含糊地回答。

……我是以女神的身分，為了拯救這個世界——蓋亞布蘭德而來到這裡。如果有人說必須因此犧牲同伴的性命，我應該照做，交出夥伴的性命嗎？艾魯魯都說自己做好了捨命的覺悟，那麼……

——不……可是……這樣真的……真的好嗎？

我不管怎麼想都得不到明確的結論，整個腦袋一團亂。

我明明是女神，卻感到束手無策，向人類勇者求助。

「嗳，嗳，聖哉……你也說點話啊……咦？」

往聖哉看去，我啞口無言。他在遠處跟道具店的龍人交談。

「這位大爺！這是『速度種子』喔！只要吃了就能在十分鐘內提升速度！這東西非常稀有，在人類的城鎮買不到喔！」

「真的吃了也沒問題？」

「吃多少都沒問題！」

「你要是敢騙我，我可饒不了你。我會去告你喔。」

這位客人您真是多疑耶！我都說沒問題了！我對龍神大人發誓，沒問題啦！

「那我買一些好了。」

「等、等一下，聖哉！你在幹嘛啊！現在不是買東西的時候吧！」

我發了脾氣，但他根本沒在聽。拿出金幣買了道具後才轉身面向我們。

「幹嘛？」

「什麼幹嘛！你也對艾魯魯說些話啊！」

聖哉一聽，用銳利的眼神望向艾魯魯。

「那傢伙應該做的事已經決定好了吧，不需要我特地說什麼。」

——唔……！

勇者跟龍王母一樣用缺乏感情的語氣，明確地表達自己的想法。聽到他這麼說，我無話可說。

艾魯魯寂寞地笑了。

「對、對啊！這還用說！啊哈哈！沒錯，就跟聖哉說的一樣啊！」

……沒錯。這的確是已經決定好的事。為了拯救世界，我們不得不這麼做。而且最重要的是，艾魯魯自己也決心要這麼做……

不知不覺間，太陽開始西斜。等我回過神，一群身穿盔甲的龍人跪在我們眼前。

「最後的晚餐已經準備好了，由我們為各位帶路前往龍之谷。請往這裡走……」

我們爬上夜幕低垂的陡峭山坡，來到溪谷附近。那裡被火把火光照得通明，擺放著許多木桌及木椅。桌上擺著冒著熱氣的食物及看似昂貴的葡萄酒，有數十位龍人正在談笑。

龍王母坐在其中一張特別豪華的桌子旁，用玻璃杯喝著酒。她看到我們來了，向我們招手。

「喔喔，女神大人、勇者閣下和馬修，來這邊。」

艾魯魯原本也想過去，卻被穿盔甲的龍人們擋下。

「艾魯魯大人，請您來這邊更衣……」

「咦，艾魯魯……！」

馬修伸向艾魯魯的手撲了個空。艾魯魯被龍人帶走，不時不安地回頭偷看馬修。

突然間，龍王母「啪！」的一聲，用力拍了下手。

「好了，在艾魯魯更衣準備好之前，我們好好品嘗這些料理吧。」

龍人士兵按著我和馬修的肩膀，硬要我們在位子坐下。

「這是我們的鄉民精心製作的料理，請各位務必嚐嚐。」

「好、好的……」

我完全沒有食欲，但對方這麼說，我就吃了點輕食，像是沙拉和湯。馬修也帶著禮貌性的笑容喝了點湯。

但只有聖哉什麼都沒吃，連飲料都是喝自己準備的飲用水。
這時，有一群年幼的龍人端著盤子跑到聖哉身旁。
「嗳！我們做了餅乾！吃一塊吧！」
那三個龍人孩童的長相比大人可愛多了。我的內心覺得稍微得到治癒，笑著收下了他們遞出的餅乾。
「大哥哥也吃嘛！這是我們很努力做出來的！」
聖哉聽到孩子們這麼說，也勉為其難地拿起一塊。他大概有感覺到我在瞪他，暗示他不要對小孩說過分的話，所以默默地啃著餅乾。
我一邊吃著餅乾，一邊小心翼翼地找在我身旁喝酒的龍王母攀談。
「請、請問……艾魯魯無論如何都非得成為劍不可嗎？」
「當然。除了讓艾魯魯成為聖劍外，沒有其它方法能拯救世界了。如果不這麼做，世界會被魔王毀滅啊。」
「是、是嗎？說的也是……」
「比起這個，女神大人，現在請盡情享受這個筵席吧。這樣才是為艾魯魯著想。」
「好、好的……」
龍人們在桌前配合鼓聲和笛聲表演舞蹈。不久後，舞蹈一結束，照亮這一帶的火把同時熄滅，四周突然陷入一片漆黑。但下一秒，火把再度燃起，形成一條通往山谷的道路。

艾魯魯穿著美麗的淡紅色禮服，在龍人的帶領下穿過火炬拱門，緩緩朝我們走來。她的紅髮整齊地盤起，臉上化了妝，頸項上戴著龍王母之前戴過的昂貴項鍊。梳妝打扮後的艾魯魯散發出宛如貴族的凜然美貌。

龍王母從座位上站起身。

「好了……該進行聖劍的儀式了。」

龍王母指向艾魯魯要走的道路終點——山谷方向。

「在這山谷的底部——『龍穴奈落』裡有過去黃龍帝大人畫下的魔法陣。命運之子艾魯魯只要跳進去，血肉會被魔法陣完全吸收，最後化成光輝閃耀的聖劍伊古札席翁，並再次漂浮上來。」

龍王母一說完，在場所有龍人都鼓掌歡呼。

在如雷的掌聲中，艾魯魯走向奈落。

當艾魯魯走到山谷前時，我跟馬修忍不住大喊：

「艾魯魯！」

「艾……艾魯魯！等一下！」

這時，艾魯魯回頭對我們微微一笑。

「再、再見了，馬修！莉絲絲！還有……聖哉！我、我變成劍後，要寶貝地用我喔！啊哈哈……偶爾要磨一磨，別讓我生鏽喔！」

龍王母大聲喊道：

「好了，艾魯魯！現在就跳下龍穴奈落吧！」

聚集在此的龍人們發出更大的歡呼聲。我身旁的馬修渾身顫抖。

「不對……！這是不對的……！」

「馬、馬修？」

「這樣做果然是不對的！」

下一秒，馬修想衝向艾魯魯。但身穿盔甲的龍人們似乎早料到了這一點，合力抓住馬修。

「請冷靜一點，馬修大人！」

「不可以破壞這個可喜可賀的儀式！」

龍人們把馬修壓制在地。

「可、可惡！」

馬修向我喊道：

「莉絲姐！這樣真的好嗎！喂！」

「唔……！」

我不知道該怎麼回答。

我、我也不想看著艾魯魯送死！可是，如果沒有伊古札席翁，就無法拯救這個世界！

到、到底該怎麼做才好？

我不知所措地看向艾魯魯，卻發現……

「馬、馬修……！莉絲絲……！我、我……我……！」

艾魯魯也猶豫起來。她眼中泛淚，下定的決心似乎正在動搖。龍王母看到她這樣，露出疑惑的表情。

「哎呀呀，是因為有人妨礙才讓她跳不下去嗎？不行，這樣不行。來人啊，去幫艾魯魯一把。」

有個體型比其他龍人大上一圈的龍人走近艾魯魯。

「來，就這樣把艾魯魯推入奈落吧。」

「怎、怎麼可以！請等一下！這樣根本是殺人——」

但我的話被周遭的龍人鼓譟聲蓋過。

「啊啊，可喜可賀、可喜可賀！」

「好了，快點跳進奈落吧！」

「獻出生命，成為伊古札席翁吧！」

「這就是艾魯魯大人的命運啊！」

「這都是為了拯救世界！」

瘋狂與熱情交織，充滿了四周。我領悟到我們已經無法從這個狂亂的宴席中救出艾魯魯了。在龍人們的阻擋下，我看著那個龍人伸出結實的手臂，要把畏怯的艾魯魯推下奈落。

但就在這時……

「唔哇啊！」

龍人的手還沒碰到艾魯魯的背，整個人就被彈飛到數公尺外，砸壞了龍王母面前的桌子。

「怎、怎麼回事？」

龍王母大吃一驚，宴席間陷入一片寂靜。在眾人的視線前方，勇者正將高高抬起的腳慢慢放回地上。

我、馬修和艾魯魯都一臉茫然地看向勇者。

艾魯魯輕啟顫抖的雙唇說：

「聖、聖哉？為、為什麼？」

「我早上應該說過不需要我特地說什麼了……真是的，一定要我說才會懂嗎？」

聖哉嘆了一口氣後，若無其事地說：

「妳是替我拿行李的，變成劍就不能拿行李了吧。」

第二十六章　咒怨數殺

周圍的龍人不用說，龍王母和馬修、艾魯魯都啞口無言，呆站在原地。

基於之前有過多次經驗，對這勇者的言行多少有免疫力的我勉強對聖哉說：

「聖、聖、聖哉……你說『不需要我特地說什麼』……是、是這個意思嗎……？」

「當然。之前我不是說要讓這兩個龍族人拿行李嗎？這個決定是不會變的。」

「不、不是……那個……可是……艾魯魯如果不變成聖劍伊古札席翁，世界不就無法得救了喔。」

聖哉只「哼」了一聲。

「說到底，那把叫伊古札席翁什麼的劍就算完成了，我也很懷疑它是否真的能打倒魔王。」

龍王母不免無法再保持沉默，大聲喊道：

「不准胡說！龍穴奈落的魔法陣吸收那女孩的生命和血肉所做出的伊古札席翁，就是能打倒魔王的無敵聖劍！」

「為什麼妳能如此斷言？」

「這是黃龍帝大人在百年前的聖諭，絕對不會錯的！」

「這理論完全說不通呢。」

聖哉大大地嘆了一口氣後，用彷彿看著髒東西的眼神望向龍王母。

「……只是蜥蜴的蠢話。」

「什！你、你以為你在對誰講話！就算你是勇者，本宮也不容許你如此無禮！」

蜥、蜥蜴的蠢話……？讓我這麼煩惱，艾魯魯這麼絕望，馬修這麼憤怒的那些話……對聖哉而言就只是那樣？

我有些傻眼地看著聖哉的側臉。

——這勇者真的……不管在什麼時候都完全不會變呢……

這時，忽然有一股莫名的衝動從我的腹部深處湧出，我一開口……

「啊哈……哈哈哈哈哈！」

洩漏出大笑。

「什麼？妳到底在笑什麼？」

龍王母的視線從聖哉移到我身上，狠狠瞪著我。

「哎、哎呀！真是失禮了！」

「女神大人……難道您的看法也跟那位勇者相同嗎？難道您要說……您無意打敗魔王拯救世界嗎？」

面對龍王母威脅般的語氣……

「不，打倒魔王拯救世界是我們的宿願。不過……」

我扯開嗓門大聲宣言，不想輸給龍王母的氣勢。

「不過，我無法為此犧牲同伴的性命！我們會找出伊古札席翁以外的方法，來打倒魔王！」

四周陷入一片沉默。不久後，龍王母用輕蔑的眼神看向我。

「……這就是女神最終的決定嗎？真是的，有什麼樣的勇者，就有什麼樣的女神。」

她抬起頭，用鼻尖指了指艾魯魯。

「你們也跟那女孩的父母一樣，只想著自己周遭的小世界，自己的孩子和自己的夥伴。他們就是因為這種獨善其身的想法，才會遇到那種事而死。」

馬修搶先艾魯魯一步，對這句令人無法置若罔聞的話有所反應。

「妳這是什麼意思！我們的父母不是病死的嗎？」

「十幾年前，當我們要把剛出生的艾魯魯送到人類世界，讓她成為伊古札席翁的容器時，遭到艾魯魯的親人強烈的反對。你的親人當時跟他們感情很好，也加入反對的行列，所以……」

龍王母吐出長長的舌頭，舔舐嘴巴周圍。

「本宮就把他們全殺了。」

艾魯魯聽到這令人驚愕的真相，用手掩著嘴。

「太、太過分……！太過分……了！」

「妳竟然……！」

我也用譴責的眼神看向龍王母，但她表現得理直氣壯。

「為了拯救世界，這也是沒辦法的。」

「……嗚喔喔喔喔喔喔喔！」

被壓制在地上的馬修發出狂吼，變成龍人。他以驚人的力量推開兩個龍人，對著龍王母咆哮。

「別開玩笑了，妳這傢伙！什麼像母親一樣的存在！根本是殺人凶手！」

當馬修舉起拳頭，想衝向龍王母時，卻忽然像喝醉酒般腳步踉蹌，倒在地上。

「什……？」

「馬修！」

我看到馬修倒地，想趕去他身邊，腳卻同樣不聽使喚，跟馬修一樣趴倒在地。

「這……這、這是……？」

龍王母睥睨著狼狽倒地的我和馬修，露出笑容。

「呵呵呵，本宮大概是年紀大了，比較小心。本宮說要讓艾魯魯成為伊古札席翁時，看到你們的表情就猜到事情可能會變成這樣，所以在剛才的料理中加入了麻藥。這藥雖然不至於危害性命，但效果很強，用咒語或藥草都無法解除。就算是女神也會有好一陣子無法動彈。」

唔……！是麻藥嗎……這個蜥蜴女根本就是大反派……！不、不過我們有聖哉！他一定會有辦法！

然而，龍人的孩子們在無法動彈的我和馬修面前人笑起來。

「啊哈哈哈！其實我們做的餅乾裡也有放藥喔！」

什、什麼！餅乾聖哉也有吃！也、也就是說，我們沒人動得了啊！

「……好了，雖然有人來礙事，我們繼續進行聖劍的儀式吧。來人啊，快把艾魯魯推進奈落。」

有三個龍人按照龍王母的命令，逼近滿臉懼色的艾魯魯。我、馬修及聖哉都無能為力地咬牙切齒，只能看著艾魯魯被推落谷底……應該是這樣才對。

但是——此時映入眼簾的景象卻讓我驚訝得張大了嘴。

聖哉正一臉淡然地用單手，把逼近艾魯魯的龍人一個個扔飛！

龍王母臉色大變，吼叫起來。

「為、為、為什麼！難道藥對你沒效嗎？」

「什麼有效沒效，因為我本來就沒吃啊。」

聽到勇者若無其事地這麼說，龍人的孩子們也大叫：

「騙、騙人！你剛才不是吃了我們做的餅乾嗎！」

「就算是小孩，想到是蜥蜴做的東西就噁心得吃不下去，所以我後來偷偷吐掉了。」

「！好、好過分喔——————！」

「過分的是誰啊，你們這些壞小孩。我想的沒錯，你們果然有下毒。而且說到底……」

聖哉突然指向我。

「我基本上就只吃這女人做的東西。」

……明明是這種時候，心中卻小鹿亂撞。

等、等一下，聖哉！聽到你這麼說我超高興的！啊啊……我感覺到身為妻子的幸福了！不對，我並不是他老婆！聖哉，今晚吃牛排喔！

反正不管怎樣，原本看到藥對聖哉無效而感到吃驚的龍王母也終於恢復冷靜，從小小的鼻孔「哼」的一聲重重噴出鼻息。

「真是的，既然事已至此，也不得不出手了。好歹也是聖劍的使用者，本宮不會對你太粗魯，但這是為了神聖的儀式，給你一點苦頭吃，讓你安靜一下吧。」

「哦？那就試試看吧。」

「很從容嘛，不過別太小看本宮……」

龍王母一說完，身體一口氣膨脹起來，把禮服撐破！

「就讓你見識一下！只有被選出的龍族才能使出的『神龍化』吧！」

「嗚、嗚哇哇哇哇！」

我努力移動中了麻藥而不聽使喚的身體，從龍王母身旁往後撤退，不然有可能會被她壓扁。

龍王母的變化不是漸進式，而是瞬間完成。現在，她的外表從被嘲笑是「蜥蜴」的龍人，變成布滿黃褐色鱗片的巨龍。包含又粗又長的尾巴在內，全長大約有十公尺。龍王母展開背上的巨大雙翼，示威般高抬起猙獰的臉孔，打開嘴巴，露出一排有如刀刃的牙齒，發出咆哮。

我在地上爬，同時勉強發動能力透視，掌握敵人的能力值。

龍王母

Lv：66

HP：563290　MP：5333

攻擊力：43898　防禦力：388881　速度：5679　魔力：10209

成長度：721

耐受性：火、水、雷、毒、麻痺、睡眠、詛咒、即死、異常狀態

特殊技能：神龍化（Lv：MAX）※對龍武器以外的攻擊無效
特技：龍爪斷罪（Dragon Claw）
　　　火焰龍息（Dragon Breath）
　　　嘆息之壁（Ultimate Wall）
性格：唯我獨尊

——HP異常地高！但是其他能力值跟之前的達克法拉斯沒什麼！

不過，有一行註記讓我很在意。

「對龍武器以外的攻擊無效……？」

龍王母似乎聽到我的低喃，發出震耳的巨大笑聲。

「咕哈哈哈哈！你們應該沒想到會在這裡跟龍戰鬥吧？龍的鱗片比任何金屬都還要強韌！普通的劍是完全無法造成傷害的！所以勇者啊，你是贏不了本宮的！」

——跟龍……戰鬥……？

龍王母宣示勝利的發言並沒有讓我感到多恐懼。我甚至用充滿期待的眼神望向勇者。

聖哉緊盯著龍王母，同時呼喚馬修。

「喂，馬修，你能動嗎？」

「是，稍、稍微……能動……」

「那就從你的行李中拿出黑色劍鞘的劍。」

馬修擠出力氣，依照聖哉的話拿出劍，設法丟給他。聖哉頭也不回地單手接下，當著龍王母的面從黑色劍鞘中拔出劍。

……從劍鞘中出現的，不是他平常用的白金之劍。

那把劍泛著如血液滑過的紅光，感覺很詭異。聖哉像表演劍舞般甩動那把劍，發出劃破空氣的風切聲，接著把劍架在腹部前。

龍王母那副現在比人類不知大上多少倍的軀體開始顫抖，躁動不安。

「那、那把讓人害怕的劍，該、該不會是……『屠龍劍（Dragon Killer）』吧？你、你到底為什麼會有那種東西？根本就很想打嘛！」

聖哉像平常一樣用理所當然的口吻說：

「從確定要來龍的洞窟這種可疑的地方時，我就事先充分考慮到跟龍戰鬥的可能。」

我也舉起手，向龍王母喊道：

「嘿嘿！聖哉不管在何時何地，永遠都是『一切準備就緒』！別小看這個謹慎到超乎想像的勇者啊！」

馬修也雙眼發光，用讚賞的眼神望向聖哉。

「不愧是師父！不過您到底是在哪裡取得那種武器的？」

「當然是合成的。材料是白金之劍、龍族人馬修的頭髮一根、同族的艾魯魯的頭髮一根，最後加入莉絲妲的頭髮一百根就完成了。」

屠龍劍的材料把我嚇傻了。

呃，只有我的頭髮多到誇張耶！

即使現在是緊急事態，但我有問題非得先問聖哉不可。

「呃，噯，聖哉！我的一百根頭髮你到底是在哪裡拿到的？我的房間裡不可能掉這麼多吧？」

「嗯，所以我沒辦法，趁妳睡覺時直接拔了。」

「咦……」

啥？等一下，咦？啥？睡覺時？咦？咦？直接拔了？啥？咦？

「……龍宮院聖哉……等等我有很重要的事要找你談……！」

但聖哉跟平常一樣充耳不聞。他專心地盯著龍王母看，注意對方的一舉一動。

沒錯，說的也是，現在戰鬥比較要緊。我知道，我明白了，沒關係，請你先集中精神戰鬥吧。不過……不過……我之後一定要好好審問你這個非法入侵者啊啊啊啊啊啊啊啊啊啊啊啊啊啊啊！

……龍王母和聖哉彼此對峙，互相牽制，最後龍王母有了動作。她巨大的前腳抽動一下，霎那間黑色勾爪發出悶響，襲向聖哉。但一直在注意龍王母動向的聖哉從容地往後一

退，躲開後拿著屠龍劍指向龍王母。

「……原子分裂斬。」

他以屠龍劍往龍王母剛才揮空的巨大前腳砍下去，彷彿鋼鐵互相嵌合的轟鳴聲迴盪四周，龍王母低吟一聲。

「嗚！好可怕的力量！就算有裝備了屠龍劍，竟然只靠一擊，就把本宮傷成這樣！不過……」

龍王母這次舉起兩隻前腳，對著聖哉。

「龍爪斷罪……！」

前腳的勾爪伸長。龍王母用這對刀劍般的爪子攻擊聖哉。她每揮一次勾爪，就會颳起大風，轟轟作響。雖然魄力驚人，但她的攻擊完全沒有打中勇者，全都揮空。

——很好！動作果然就如外表所見不怎麼快！根本無法與聖哉為敵！

我感到安心，但是……

「唔……」

聖哉突然在迴避爪擊的同時衝向艾魯魯。他一邊跑一邊輕鬆地抱起艾魯魯，「沙沙沙沙」地揚起沙塵，在稍遠處停下。

「咦咦？」

被他抱在懷裡的艾魯魯一頭霧水，很是焦慮。我雖然也搞不清楚狀況，但很快就領悟出聖哉這麼做的用意——因為剛才艾魯魯站的地方留下了龍王母深深的爪痕。

龍王母露出佩服的表情。

「哦？本宮原本想假裝只會攻擊你，再趁機用爪子刺穿艾魯魯的……被你看出來了啊，很厲害嘛。」

聖哉敏銳地察覺到了龍王母針對艾魯魯的攻擊……等一下……

「『用爪子刺穿』是什麼意思！妳打算殺了艾魯魯嗎？妳不是要讓艾魯魯成為伊古札席翁嗎？」

龍王母面不改色地回道：

「不管是墜谷而死，還是死後墜谷，結果都一樣啊。簡單來說，魔法陣需要的是被選中的龍族少女的血肉。」

「差、差勁透了！」

不過，現在艾魯魯被聖哉緊緊抱著，這樣一來龍王母也無法輕易出手了吧。

然而……

「本宮有說過吧，本宮是很小心的……」

說完這句意味深長的話後……

「嗚嗚……嗚嗚嗚嗚！」

被聖哉抱著的艾魯魯突然按住胸口，痛苦地喘氣。

「艾、艾魯魯？」

仔細一看，艾魯魯頸項上戴著的項鍊有一部分正發出黑光。

「妳、妳對艾魯魯做了什麼？」

「呵呵呵，本宮啟動了讓艾魯魯戴在身上的咒具『咒怨數殺項鍊（Death-count Necklace）』。當那個黑色光芒繞完脖子一圈，艾魯魯就會喪命。時間大概只剩三分鐘了。」

第二十七章　重要的事物

「詛、詛咒道具！妳為了殺艾魯魯，竟然不惜做到這麼地步！」

「呵呵呵……當然了！艾魯魯的命運就是犧牲性命，化為聖劍！這是早在一百年前就註定好的命運！」

艾魯魯雖然想拿掉項鍊，但項鍊緊貼在脖子上拿不下來。之後她又摀住胸口，蜷縮起身體，痛苦地喘著氣。

「龍王母，妳這混蛋！」

馬修鞭策麻痺的身體，拚命抬起身。但他只做出半蹲的姿勢，之後就無法動彈了。藥效還沒退，這點我也一樣。

詛咒項鍊上會動的黑光朝著艾魯魯的脖子慢慢上升。

「聖、聖哉……！得趕快想辦法啊……！」

現在時間分秒必爭，讓我焦急萬分。可是……

「喂，龍王母，因為妳不是魔王軍，所以我只警告妳一次。」

明明都這個時候了，聖哉還是用和平常一樣毫無起伏的語調說：

「解除這小不點身上的詛咒，再讓我們離開龍之鄉，就這樣。」

「你這勇者真有意思。本宮還以為你要說什麼，竟然是警告。現在把你們逼到絕路的明明是本宮……」

她高聲大笑。

「哈哈哈哈哈哈！本宮拒絕！聖劍的儀式一定要舉行！如果你無論如何都想解除咒怨數殺，就只能把咒具的擁有者——本宮殺了！」

「是嗎？那就不用客氣了……我要上了。」

聖哉手上的屠龍劍發出更強的紅光。看到劍身上纏繞的火焰，我很確定是魔法劍正要發動——那就是……

「……鳳凰炎舞斬！」

聖哉秒殺凱歐絲．馬其納的拿手招式。但是我朝對龍王母使出這一招的聖哉大喊：

「等、等一下！龍王母對火有耐受性……呃……」

勇者已經開始用飛翔技能四處亂飛，以火焰劍朝巨大身體不斷猛砍。每砍上巨大的身體一次，應該對火有耐受性的龍王母身上的鱗片就燒焦冒煙。

「這、這根本是亂砍……！」

而且，被砍倒的地方都變得紅腫，龍王母也痛苦呻吟，讓我很輕易就察覺到這攻擊是有效的。

等這一波鳳凰炎舞斬的集中攻擊結束後，我再次發動能力透視，確認龍王母體力的變化。

HP：341577／563290

很好！轉眼間就將體力減少接近一半了！這樣來得及！艾魯魯有救了！

聖哉壓倒性的攻擊力令我感到歡喜。可是，龍王母不知為何也跟我一樣，露出讚嘆的表情。

「太棒了！真是太棒了，勇者啊！你認真起來居然能到這種程度！等你得到伊古札席翁後，也非常有可能打倒魔王！」

還、還在說這件事！煩不煩啊！但是，她是怎麼回事？體力明明被大幅削減了，為什麼還能一派輕鬆？

「……你是很強，不過單憑這樣……還是救不了那女孩。」

龍王母的顏色突然產生變化。覆蓋她全身的黃褐色鱗片透明度提高，變得金光閃閃，更全部尖銳地突出來。

「我發動了嘆息之壁！從現在開始，你的攻擊將完全無效！嘆息之壁是特別強化防禦，絕對無敵的終極硬化技！」

「終、終極硬化技……！」

我低喃的同時，項鍊的光芒依舊往脖子繼續上升。艾魯魯「嗚嗚！」地發出呻吟。

聖哉緩緩地將屠龍劍對準龍王母。

「我會破壞那道牆壁……給妳看。」

沒、沒錯！說什麼絕對無敵！聖哉連達克法拉斯那種銅牆鐵壁般的防禦都突破了，這次一定也沒問題！

在我熱切的注視下，這個可靠的謹慎勇者從懷裡拿出小袋子。

「聖、聖哉？那是什麼？」

「我剛才在道具店買的『速度種子』。」

「原來如此！你是要用種子提升攻擊速度吧！」

聖哉把頭往上一仰，將小袋子裡的種子全倒進嘴裡。

「咦……一口氣全吃了……？」

聖哉的嘴裡塞了太多種子，臉頰膨脹到令人難以置信的大小。

「！呃，虧你剛才帥氣地說：『我會破壞那道牆壁給妳看。』，現在卻搞得像倉鼠一樣耶！」

「……妳在說什麼？」

但聖哉轉向我時已經不是倉鼠了。看來他馬上就把種子咀嚼完吞下去了。

「提升速度後……」

如此低喃的聖哉不在原來的位置上。我四處張望，發現他不知何時跑到距離有點遠的馬修身邊。

這、這簡直是瞬間移動！這就是吃下許多速度種子，甚至變倉鼠臉的結果嗎……！

聖哉從馬修的行李中拿出另一支黑色劍鞘，拔出鞘中的劍。出鞘的劍跟他另一隻手上的劍一樣，劍身都是紅色的。

「屠龍劍！怎麼還有一把？」

「這是備用劍。只有一把的話，萬一斷了就糟了。不過，備用劍有時也能這樣用。」

聖哉雙手各拿一把屠龍劍，壓低重心後，用銳利的眼神看向金色的巨龍。

「雙刀流連擊劍（Mode Double Eternal Sword）……！」

喔喔喔！竟然用速度種子配上屠龍劍雙刀流，還要再結合雅黛涅拉大人的絕招「連擊劍」嗎？這、這樣一定行得通……！

「呵呵呵……準備好了嗎？那就放馬過來吧。」

「我會的。」

聖哉瞬間鑽進游刃有餘的龍王母懷中，立刻開始用雙劍展開連續攻擊！他攻擊龍王母的速度快到令人驚訝，舊殘像還沒消失，新殘像又馬上出現！速度實在太快，聽在我耳裡的聲音就像連續聲響一樣。

龍王母的腹部持續遭受猛烈攻擊，衝擊力大到她硬化的身體跟著移動。

「好、好厲害！可以的……這樣行得通！」

麻藥的效果似乎比剛才消退了一些。我搖搖晃晃地站起來，走到一臉痛苦的艾魯魯身邊，摟住她的肩。

「沒事的，艾魯魯！聖哉馬上就會打倒她了！」

「唔、嗯……」

不過，這個強大無比的招式究竟對龍王母造成了多少傷害？

我發動能力透視，窺探龍王母的體力消長，卻懷疑起自己的眼睛……

HP：340881／563290

「騙、騙人……！跟之前相比幾乎沒減少……？怎、怎麼會這樣……！」

如果我記的沒錯，體力數值在硬化後減少不到１０００！

「呵呵呵！本宮有說過吧！嘆息之壁是終極的硬化技！它不受屬性弱點影響，是能將所有魔法和物理攻擊全無力化的完全防禦！」

龍咧嘴一笑。

「順帶一提，如果將勇者現在每一擊造成的損傷以數值表示，大概是『１～３』吧。」

「怎、怎麼會！只有這樣嗎！」

「不不不，能這樣就值得誇獎了。通常發動嘆息之壁後，無論怎麼攻擊，數值都應該是零才對。是多虧有屠龍劍和勇者的力量，才能對本宮造成微小的傷害呢。」

艾魯魯脖子上的黑光已經繞了項鍊的一半。

龍王母張開口，發出雄渾的聲音。

「只剩一分鐘，艾魯魯就要死了！如果你的攻擊速度不再加快一點，是無法打倒本宮的喔！沒錯……要一秒攻擊兩千次左右！呼呼呼哈哈哈！好了，那女孩已經沒救了！勇者啊，我們停止這場無謂的戰鬥吧！」

不過聖哉沒有在聽。他全神貫注地用雙手的劍攻擊龍王母。

就我這旁人看來，那也是毫無意義的攻擊。我甚至覺得「無謂的掙扎」——很適合形容這個景象。

「……聖哉……已、已經……夠了。」

「艾魯魯？」

受詛咒折磨的艾魯魯擠出最後一絲力氣，朝不停攻擊的聖哉背影說：

「謝謝你……願意救我……我非常高興……不過……夠了……已經夠了……」

看到艾魯魯勇敢地露出笑容，龍王母咧嘴一笑。

「看來艾魯魯已經死了心，決定放棄了呢。」

看到項鍊的黑光快繞回脖子，我難以忍受而抱住艾魯魯。

——不行嗎？聖哉也無法阻止嗎？這孩子就是註定要成為伊古札席翁嗎？不這麼做就不能拯救難度S的蓋亞布蘭德嗎？

「來吧，艾魯魯，妳就獻出生命，成為伊古札席翁吧！」

龍王母充滿喜悅的聲音轟然響起。我再次看向她時……

「咦……」

發現龍王母身上出現某種異變。同時……

「該死心的人是妳。」

勇主對龍王母如此斷言。

「……啊？你到底在說什麼？」

「看看妳後面吧。」

龍王母在一陣吱嘎聲中轉動硬化後僵硬的脖子，疑惑地回頭朝背後看去。

「什！」

她大叫一聲後，啞口無言。

……大概是因為變化的過程太緩慢才沒察覺，實際上，我也是剛才才察覺有異。嘆息之壁雖能抵消雙刀流連擊劍的攻擊力，卻無法連帶來的衝擊也一併消除。龍王母就在聖哉不間斷的攻擊下——逐漸逼近深不見底的奈落。

「妳只差三四公尺就會掉下去。真是的，還敢說自己很小心，連變成這樣都沒發覺，真是有夠蠢。」

聖哉說話時，仍用雙劍繼續猛砍龍王母。

「住、住手！快停止攻擊啊！」

不過聖哉不停手。我對龍王母喊道：

「趕快解開妳對艾魯魯下的詛咒！那個魔法陣的力量很強大，足以把人變成劍，一旦掉下去，就算是妳我也不知道後果會怎樣喔！」

「可惡！」

龍王母被逐漸逼向奈落，並用猙獰的臉孔瞪著艾魯魯。

「為什麼！本宮不懂！你們到底為什麼不惜做到這種地步也要守護那女孩？她是要成為伊古札席翁的容器，不具戰力也毫無才能！那女孩如果不成為劍，就只是個廢物而已！就算帶她走，也完全派不上用場啊！」

「……她不是廢物。」

聖哉用一如往常的語氣，淡然地說：

「是我重要的行李小妹。」

「聖哉……！」

一聽，艾魯魯的大眼裡立刻溢出淚水。她放聲大哭，把小小的臉都哭花了。

不是，這時好歹說是「重要的夥伴」吧……不過聖哉！沒想到你會這麼說！我也有點感動呢！

「龍王母！趕快把詛咒解除！不然真的會被推下去喔！」

「知、知、知道了！我解開了！已經解開了！不要再攻擊了！」

就在龍王母粗壯的腳即將滑下奈落時，聖哉停下了連擊劍。

但在那一瞬間！龍王母笑了！

「蠢蛋！本宮解開的是嘆息之壁！這下子本宮就能自由行動了！區區人類竟想殺掉本宮，就算是勇者也不能原諒！嚐嚐一段時間無法動彈的痛苦吧！接招吧！火焰龍息！」

她大大張開長滿尖牙的嘴，準備噴出火焰，不過聖哉已經將雙劍交叉成十字，擋在身體前方。

「……雙刀流裂空斬（Double Wind Blade）！」

聖哉以十字交叉的雙劍放出的真空波，比龍王母從口中噴出的火焰還快，以壓倒性的高速在她的腹部割出十字形傷口！龍王母的身體則同時失去平衡，腳終於踩空，滑下奈落！

即使如此，龍王母仍笑著。

「本宮還有翅膀！既然嘆息之壁的硬化已解除，現在本宮就能飛了！本宮是不會掉進奈落的！」

墜落的瞬間，龍王母瀟灑地張開翅膀。然而，其中一邊的翅膀傷痕累累，破爛不堪，洞多到連對面的景色都看得見。

「怎、怎麼會！本、本宮的翅膀竟然！」

龍王母驚覺翅膀不能飛，眼睛瞪大到連瞳孔也清晰可見，同時大叫：

「為、為何啊啊啊啊啊啊啊啊啊啊啊啊啊啊啊啊啊啊啊！」

龍王母瀕死的慘叫在山谷中形成回音，響遍整個龍之鄉。

不久後，聲音越來越遠。即使有龐然大物落下，卻沒傳來預期中的響亮墜落聲。

「難……難道……！龍王母還活著嗎……？」

詛咒無法解開嗎？這、這樣艾魯魯就會……！

黑光眼看就要繞完艾魯魯的脖子一圈了。

「艾、艾魯魯！」

大概是麻藥的效果終於退了，馬修衝到艾魯魯身邊，接著下一秒……
詛咒的項鍊發出清脆的「啪嚓！」聲，四分五裂後從艾魯魯的脖子掉到地板上。
「啊……」
艾魯魯一臉呆愣，用手摸摸脖子。
「太、太好了……！龍王母被打倒了……！詛咒解除了……！」
馬修大概是聽到我的話深受感動，緊緊抱住艾魯魯。
「太好了！太好了，艾魯魯！」
「等、等一下，馬修，別這樣！很、很不好意思啦！」
跟達克法拉斯對戰後，艾魯魯曾撲到昏迷的馬修身上哭泣，現在則是相反的光景。看著這樣的兩人——
「呼……」
我終於鬆了一口氣。然後對若無其事地收劍入鞘的聖哉問道：
「噯，聖哉，有一件事我想問你，你到底是什麼時候弄傷龍王母的翅膀的？」
聖哉露出不耐煩的表情後回答：
「是在她發動嘆息之壁前。我用鳳凰炎舞斬亂砍她全身時，其實主要是在傷害她的單邊翅膀。」
「在發動嘆息之壁前……？這、這不是很奇怪嗎？當時你應該還不知道那是什麼樣的招式吧？為什麼會想到先攻擊翅膀？」

「她對艾魯魯發動時限三分鐘的咒具後，不難想像她會改為防守或逃跑，加上我透視她的能力時看到『嘆息之壁』這個技能，就幾乎確定她打算用這一招撐過三分鐘。雖然原本要在她發動前就打倒她才是上策，但她的ＨＰ太高，不可能在短時間內打倒……所以我就把她陷入困境，解除嘆息之壁時會用來逃跑的工具先毀掉──也就是破壞翅膀。」

「你、你一開始攻擊時，就已經把龍王母被推入奈落後的情況都想到了？你、你這個人到底有多謹慎啊……」

「不過，如果要論哪裡計算有誤，大概是她發動嘆息之壁後的模樣沒有我想的那麼像牆壁。我一直以為她會變得像『妖怪水泥牆』一樣。」

「你明明不知道史萊姆，卻知道水泥牆啊……」

「嗯，我知道水泥牆。不過這種事不重要……」

聖哉用冷酷的眼神望著奈落。

「不過龍王母那傢伙，說什麼自己很小心。就我來看，她一點都不謹慎。只要不看情勢，早點發動嘆息之壁，翅膀就不會受傷，她也能順利逃走了。如果我是她，我會在宴會上就先發動嘆息之壁。」

「呃，在宴會中突然變得硬梆梆的也很奇怪吧……」

正當我對他的過度謹慎感到無力時──

「龍、龍王母大人掉下奈落了……！」
「太過分了……！」
「你們這些傢伙……！不會簡單放過你們……！」
龍人們表情猙獰地包圍我們，其中還有人拿著武器，殺氣騰騰。
就算龍王母不在了，我們的危機依然沒有解除。龍人們的眼神全變了，朝我們步步進逼。馬修讓艾魯魯躲到自己背後，並拔出劍來。
就在我也躲到聖哉背後的瞬間，有一道光從龍穴奈落射向天際。
「那、那是什麼……？」
龍人們也倒抽一口氣注視著。在由谷底往上延伸的光柱中，有把劍身混雜著紅黑斑點的劍飄浮上來。
——這、這是……！龍王母因為奈落的魔法陣之力化成劍了……！
聖哉一副理所當然地拿起劍，高舉向天。
「很好，拿到伊古札席翁了。」
……在短暫的沉默後，聚集於此的所有龍人異口同聲地大叫：
「「「不，那不是伊古札席翁吧！」」」
也、也難怪人家會吐槽了！你在說什麼啊，聖哉！

我感到錯愕，龍人們則不斷怒吼。

「那把劍是假的！」

「沒有傳說中那種神聖的光輝！」

「沒錯！果然還是得殺了艾魯魯！」

「殺了她、殺了她、殺了她、殺了她！」

殺意席捲而來。不過……

「閉嘴……你們這些蜥蜴人。」

殺死龍王母的勇者高舉起那把有著斑點的劍，發出宏亮的聲音，四周立刻鴉雀無聲。

「你們說伊古札席翁需要流有龍族之血的女人獻出生命與血肉吧。龍王母的生命已經在這把劍裡了，那麼……」

聖哉靠近艾魯魯，捉住她的右手臂。

「好痛……」

艾魯魯小小叫了一聲。從她的手臂上流下一些血。

「師、師父？你要做什麼？」

「等等叫莉絲妲幫妳治療。」

聖哉用手指捏起從艾魯魯的手臂上割下的肉片，再貼上那把斑點劍的劍身。

「我就讓艾魯魯的血肉跟這把劍結合。」

聖哉大概是發動了合成技能，劍身忽然發出耀眼的光輝。

龍人們發出歡呼。

「那、那道神聖的光輝是……！」

「不會錯……！這、這就是……！」

「伊古札席翁……！是伊古札席翁……！」

聖哉點頭說了句「嗯」後，馬上將伊古札席翁收進劍鞘，並對包圍他的龍人說：

「太好了，你們完成身為龍人的使命，我也拿到能打倒魔王的劍，這是雙贏的關係。」

這時有個龍人喃喃反駁道：

「可、可是龍王母大人去世了……」

「為拯救世界奉獻生命是她的心願吧。她本人生前不也這麼說過嗎？」

「呃，嗯，是這樣沒錯啦。」

「對吧，那還有什麼問題嗎？」

「呃，好像有，又好像沒有……」

「哪有什麼問題，就是雙贏沒錯。」

「這能算……雙贏嗎……」

「絕對是雙贏。因此，聖劍的儀式到此結束。」

聖哉斬釘截鐵地斷言。但龍人們即使突然被如此告知，仍只是一片嘩然，完全不肯離開現場。突然間……

「啪！」

一個巨大聲響在山谷迴盪！所有龍人和我都嚇得身體震了一下！

聖哉用響亮的拍手聲吸引大家注意後，用音量與剛才的拍手聲不遑多讓的聲量說：

「好，解散！」

因為聖哉太有魄力，所有龍人像挨了老師罵的小孩一樣立刻準備，走下龍之谷。

第二十八章 Gonna be ok 總會有辦法

我們藉著火把的光芒，在聖哉的帶領下快步下山。這時，有人從後面叫住我們。我回頭一看，是帶我們進入龍之鄉的龍人拉戈斯。

「請妳們趕快進去那棟建築物，我會把你們送回龍的洞窟。」

拉戈斯看起來很焦慮。我還沒開口問理由，拉戈斯就一邊走一邊主動說道：

「雖然伊古札席翁完成了，但『艾魯魯大人沒成為劍而活下來』的結果……有很多龍人依舊無法認同。在還沒發生暴動前，你們最好趕快回到原來的大陸。」

「暴、暴動？」

我嚇了一跳，聖哉冷眼看著我。

「這有什麼好驚訝的。當然會有這種可能，畢竟首領被殺了。」

「呃，你好意思這麼說？明明是你說雙贏的！」

「那種話有誰會真心接受。我只是用巨大的聲音和強勢的語氣，讓他們暫時陷入催眠狀態而已。」

「你連催、催眠術都會嗎……？」

當我對這勇者的能力心生畏懼時，拉戈斯一臉歉疚地對馬修和艾魯魯說：

「請原諒我騙了你們。是龍王母大人要我謊稱你們的父母是病死的。」

「沒關係，那件事就算了。」

馬修這麼說完後，拉戈斯低下頭。

「這麼說有點遲了，不過我真的很慶幸艾魯魯大人沒成為劍。我是真心這麼想……」

我們走了一會兒後，四周幾乎看不到龍人了。這時我看到一棟白色的小屋子。那的確是我們從龍的洞窟穿過魔法陣出來時的屋子。

我們一進到屋內，拉戈斯就把門關上。他帶我們走到房內正中央的魔法陣後，這才展露笑容。

「馬修大人、艾魯魯大人，我想我們應該不會再見面了。我會在這裡為兩位祈禱，希望你們的未來充滿和平與榮耀。」

馬修和艾魯魯也用笑容回應拉戈斯。

「好，謝謝你！」

「謝謝你！拉戈斯先生！」

「還有勇者大人、女神大人，請兩位用伊古札席翁拯救這世界，拜託你們了。」

我代默默不語的聖哉向拉戈斯道謝。

……雖然在龍之鄉遇到的每個龍人都給我欠缺感情的印象，不過，其中似乎也有像拉戈斯一樣有良知的龍人。艾魯魯和馬修的父母想必也是這樣的龍人吧。

當拉戈斯終於要開始詠唱咒語時……

「……等一下。」

勇者開口。他手上不知為何有隻小龍人——不，是蜥蜴。

「這是我在來這裡的路上撿的，你先傳送這個吧。」

拉戈斯的表情僵住。

「還、還要啊……」

「第一次沒事不代表第二次也一樣。而且，或許你就是對艾魯魯存活下來感到最憤慨的人。」

「聖、聖哉！你太沒禮貌了吧！你也稍微信任人家嘛！」

我責備聖哉，但拉戈斯一臉認真地搖搖頭。

「不，沒關係。這個謹慎的態度想必就是勇者大人的優點。或許這份謹慎以後會像現在拯救了艾魯魯大人一樣，也拯救這個世界。」

「是喔……『謹慎救世界』……嗎……？」

話說回來，拉戈斯被說成這樣竟然沒生氣，真是個成熟的大人。從他的外表完全看不出年齡就是了。

「真是不好意思。那麼，就先從這隻蜥蜴開始……」

先把蜥蜴送去再送回來——經過這無意義的重複步驟後，我們終於被傳送回龍的洞窟了……

我們從魔法陣出來後，周遭是一片陰暗，岩層裸露的狹窄空間。

「呼，終於回來了。」

就在我這麼喃喃自語的瞬間——

「聖哉————！」

艾魯魯突然抱住聖哉，哭了起來。

「謝謝、謝謝、謝謝、謝謝！好可怕！真的好可怕啊——！」

看來她在龍之鄉時忍耐著的情緒，一回來就爆發了。

「我根本不想成為劍！我也根本不想死！要是死了，就不能跟大家說話了！」

艾魯魯把臉埋在聖哉的腹部放聲大哭。看到她那樣，我也忍不住跟著哭了。

「嗚嗚！對不起，對不起，艾魯魯！其實我應該第一個阻止他們才對！」

「沒關係！這不是莉絲絲的錯！女神大人當然要以世界為重啊！」

看到我們哭成一團，勇者冷眼以待。

「別哭了，吵死了，而且煩死了。」
聖哉一手抓住艾魯魯的頭，把她拉開。然後把低呼著「呼咦咦……？」哭花臉的艾魯魯推到馬修胸前。
馬修跟聖哉不同，默默溫柔地抱住艾魯魯。過了一會兒，艾魯魯難為情地低聲說：
「那個……如果問我變成劍後最痛苦的是什麼，還是不能跟馬修說話吧……」
「我、我也是，一想到不能再見到妳，我就覺得胸口好像要裂開了……」
這對龍族少年和少女紅著臉頰，用水汪汪的雙眼凝視對方。
咦咦！等、等一下！這兩人是怎麼回事？難不成他們以後會變成那種關係嗎？冒險總是伴隨著戀愛。雖然愛得太過火不值得鼓勵，不過這兩人應該用不著我擔心。
我這次不是以女神，而是以成年女性的立場為他們設想。
「馬修、艾魯魯，你們能先到洞窟出口等我們嗎？」
「咦？為、為什麼？」
「你們也有很多話想聊吧？而且我跟聖哉也有些事要談……」
「是、是嗎？我知道了。」
「那我們在出口等你們喔！等會兒見，莉絲絲！」
馬修和艾魯魯要好地手牽手走出洞窟。我注視著兩人的背影，並朝聖哉微笑。

「哎呀！真是青澀呢～！」

「妳是因為這樣才想讓他們獨處嗎？有夠蠢的。」

「哎呀，我是真的有事想找你談喔。」

「我跟妳沒什麼事好談啊。」

在這個只剩下我和聖哉的狹窄空間中，我的笑容一百八十度大轉變，皺緊眉頭狠狠瞪向聖哉。

「關於合成屠龍劍那件事……你說你直接拔了我的頭髮吧？」

「是拔了，那又怎樣？」

「喂，什麼『是拔了，那又怎樣』！要是我禿頭了，你要怎麼負責！而且還趁我睡覺時擅自溜進房間！這根本就是犯罪吧？」

「如果沒有妳的一百根頭髮，就無法合成屠龍劍了，我沒有做錯事。」

他一樣說得理直氣壯，不過我想討論的重點不在那裡。

「……你應該沒做什麼其他的事吧？」

「妳是指什麼？」

「呃，就是、那個……我是在問你有沒有趁我睡著時，對我做這個做那個啦！」

「我只是拔了妳的一百根頭髮，其它什麼也沒做。」

是、是真的吧……！話說，不覺得那句「只是拔了妳的一百根頭髮」以中文來說怪怪的嗎……？光憑這個就能立即逮捕你了……！

聖哉像沒事人一樣要轉過身去，但是——

「給我等一下，聖哉！我還有一件事要談！」

「真是的，這次是什麼事？」

聖哉一臉不耐煩地低喃。我指著他腰上的劍鞘，一臉嚴肅地說：

「那把劍不是伊古札席翁吧？」

我一說完……

「……妳說什麼？」

聖哉用可怕的銳利眼神看我。那股魄力令我倒抽一口氣。

「我、我、我好歹是女神！雖然那把劍的確是威力強大的武器，不過我從劍身上感覺不到足以打倒魔王的神聖氣息！」

聖哉用恐怖的表情瞪了我好一會兒後，恢復平常的撲克臉。

「看來我以前都小看妳了，原來妳不只是個藥草女。」

「你也太小看我了吧……」

「妳說的沒錯，這不是伊古札席翁。這是我用合成做的『白金之劍改』。」

「我果然猜對了。你是為了救艾魯魯……才用這個來欺騙龍人吧？」

「我說過了，那傢伙是幫我拿行李的，我不喜歡自己的決定遭到別人否決——只是這樣而已。」

聖哉邁開腳步的同時說：

「聽好了，這件事要保密。要是被小不點知道，她一定又會哭鬧不休了。」

「唔、嗯，說的也是，我知道了。」

我追在聖哉的背後並問：

「噯，聖哉，如果真的就如龍王母所言，只有伊古札席翁能打倒魔王的話……那該怎麼辦？」

「只要再找其它的方法就好了吧。我記得是妳自己這樣跟龍王母說的吧？」

「當、當時我是一時衝動說出口……其實我也不知道是不是真的有別的方法……」

聖哉沉默半晌後，自言自語般地低喃：

「Gonna be ok（總會有辦法的）。」

「咦？」

聖哉那句話聽在我耳裡感覺非常不對勁。他沒講理由，也沒有根據，只說了一句「總有辦法的」——這非常不像聖哉會說的話。

我停下腳步。之後發現聖哉疑惑地湊近我的臉瞧，才猛然回神。

「……怎麼了，莉絲妲？」

「沒、沒什麼！我只是覺得這不像是你會說的話，所以恍神一下而已！」

「妳平常就很漫不經心了，要是再恍神下去就得住院了吧，妳這個棉花腦袋。」

「誰、誰是棉花腦袋啊！我揍你喔！」

「趕快走，那兩個傢伙在等我們。」

聖哉望向洞窟出口，瞇起眼睛。刺眼的光芒從出口照進這短短的洞窟通道。

我們朝著光芒緩緩走去。

……沒拿到伊古札席翁，或許會對攻略難度S的蓋亞布蘭德造成很大的障礙，但如果是這個勇者……如果是聖哉……他一定會想到辦法的。現在就如此相信他吧。

當我面向前方，決定邁步前進時，疲憊感忽然襲來。我們在龍之鄉真的遇到太多事情了。馬修、艾魯魯和聖哉即使嘴上不說，應該也相當疲憊了。

走出洞窟後，要回之前去過的伊札雷村的旅館休息一整天嗎……嗯，好！就這麼辦！偶爾也要忘掉拯救世界的事，大家一起輕鬆悠閒一下！雖然聖哉趁我睡覺時拔了一百根頭髮的事，我實在無法諒解，不過他也說了讓我很開心的話啊！竟然說「我只吃這女人做的東西」！到了村子後，我要買材料發揮廚藝，做飯給他吃！當然，我也不會忘了馬修和艾魯魯的份……

然而，當我意氣風發地走出洞窟後，等著的卻是進退維谷的狀況。

在出口附近的岩石地帶上，馬修和艾魯魯被幾十個身穿盔甲的士兵包圍。

「師、師父！」

「莉絲絲！」

他們兩個還來不及說明，士兵們就衝到我和聖哉面前一起跪地。

仔細一看，他們每個都渾身是傷，盔甲上也有明顯的髒汙和裂痕，宛如不久前還在戰場上一樣。

其中一個士兵鞭策自己疲憊不堪的身體，從腹部深處發出聲音說：

「我們是羅茲加爾多帝國騎士團！我們接到消息，得知勇者大人要來這個洞窟，從奧爾加要塞前來此地！」

「是、是喔，那麼，各位帝國騎士團的騎士，請問你們找我們到底有什麼事？」

我隱隱約約知道他們的來意，但聽到我這麼問，那些士兵露出充滿苦澀的表情。

「目前由羅札利大人率領的帝國騎士團，正在位於此處北北東方向的奧爾加要塞裡跟魔王軍特殊部隊交戰！戰況不太樂觀！勇者大人，請您務必與我們同行！」

從士兵們的表情告訴我們，這場危機已經迫在眉睫了。

我用充滿慈愛的女神微笑回應士兵。

「我明白了，那就趕快走吧。」

士兵們聽到我的話變得亢奮，其中還有人落淚。

不過，我雖然表現得像個溫柔的女神，內心卻在如此怒吼。

——讓我們休息一下**啊啊啊啊啊啊啊啊啊啊啊啊啊啊！**

救世難度S的世界蓋亞布蘭德，連一刻都不讓我們休息。

後記

初次見面，大家好，我是土日月，讀法不是「Donichi Getsu」，而是「Tsuchihi Raito」。不過要怎麼唸都無所謂，最重要的是，這次非常感謝各位願意拿起這本《這個勇者明明超TUEEE卻過度謹慎》。

對了，不知道各位是否會玩角色扮演遊戲（RPG）？

我覺得RPG的玩家大致可分為兩種類型。

一種是不在乎升等，只管不停衝劇情的類型。

另一種則是會努力升等，將道具武器都備齊後，一步步謹慎地進行遊戲的類型。

順帶一提，我是屬於後者。因為不想被敵人打敗後從頭玩，所以我會花時間仔細做好準備。我想不只是我，這種類型的玩家應該意外的多。

本作的主角也是這種謹慎型的人，只是程度比一般人還要嚴重。

他在受到召喚的異世界裡採取非常非常謹慎的行動。說到這個人究竟有多謹慎，我想看完本作的讀者們已經知道了……到了病態的地步。連一起行動的女神都感到傻眼、嘆息，甚至發怒的程度。

目前異世界的書籍、漫畫和動畫數量眾多，但我作為作者可以斷言，在進展故事上沒有如此謹慎的主角。他就是這麼謹慎……但也很強。

謹慎勇者龍宮院聖哉的可笑行動、因此受害的女神莉絲妲的苦惱、被耍得團團轉的同伴馬修和艾魯魯，以及多虧有謹慎的準備，得以對敵人展現的壓倒性力量……我身為作者，希望各位有從這些橋段中得到樂趣。

主角龍宮院聖哉乍看之下既不懂禮貌又任性妄為，所以或許有人看了不太能接受，但他的行動其實都有自己的考量。至於這背後的祕辛，我想在下一集寫到。

順帶一提，雖然在本篇中聖哉會用英文說出決定性台詞，招式名稱也大多是英文，不過還是希望各位別太吐槽文法。（笑）

比如聖哉的決定性台詞「Ready perfectly」也是，就英文的口語來看有點奇怪。如果要表達中文「一切準備就緒」的意思，應該要用「All set」等等才對。

因此，雖然跟正確的英文有些差別，不過就作者的立場來說，決定用詞時還是會以音韻節奏為優先。因此希望擅長英語的讀者們能忽略這一點。

順帶一提，計算神的單位正確來說不是「個」而是「尊」，不過在書中是統一用「個」。畢竟要是把莉絲妲說的「我一個人去！」換成「我一尊神去！」，文章會變得很奇怪，好像自己成了木工。所以這個地方也希望大家繼續忽略。

……以上就是我想補充的部分……雖然可能是畫蛇添足就是了。（笑）

那麼，最後我要向所有關照我的人表達謝意！

首先是「負責插畫的とよた瑣織大人」！

真的非常感謝您畫了美麗的插圖。聖哉很帥氣，莉絲妲很可愛，艾魯魯、馬修及其他角色也都非常有魅力，讓我萬分感激。這些插圖跟我心中描繪的形象完全吻合，太出色了。

然後是「在カクヨム為我加油的所有讀者」！

這部小說原本是在名為カクヨム的網路小說網站上寫的作品。在カクヨム能針對別人投稿的作品進行評分和留言。多虧各位溫暖的支持，讓我的拙作得以集結成書，真的非常感謝大家。

接著是「責編大人」！

感謝您站在身為作者的我難以兼顧的讀者角度，給了我很多建議。我能驕傲地說，正因為我們互相提出意見，一起修改內文，才能把矛盾減到最少，造就出每個人都能樂在其中的作品。用電腦檢查原稿時，因為是用紅字訂正，您為了方便我閱讀，把原本的背景色改成黑色後寄給我，而我卻沒察覺您的用意，還慌慌張張地寫信問您：「喂——！原稿一片黑耶！」現在回想起來也是個美好的回憶。

然後最重要的是「購買本書的所有讀者」！

真的非常謝謝各位。如果這本書能讓各位在閱讀時笑得開懷……心情爽快……忘卻平日煩心的事……甚至覺得「幸好有買」的話……我身為作者，沒有比這個更讓我感到開心的事了。真的很感謝各位買了這本書。

最後——

「各位！請效法本作的主角買三本！一本拿來看，一本備用，還有一本是備用不見時的備用！」——我原本想這麼說。

不過，好像被網友酸說：「這作者也太拚了……」，而且只要各位願意買一本，就足以讓我感激涕零，非常感謝了，所以我就不開這種玩笑了。（笑）

話說，我對這種事也會過度解讀，考慮再三的部分，看來作者果然也跟主角一樣是謹慎派呢……

本來應該要表達感謝的心意，但我覺得寫著寫著變成毫無重點的文章了。

那麼各位，我會衷心期盼能在下一集再跟各位相見。

土日　月

國家圖書館出版品預行編目資料

這個勇者明明超TUEEE卻過度謹慎 / 土日月原作 ;
謝如欣譯. -- 初版. -- 臺北市 : 臺灣角川, 2019.02-
冊 ; 公分
譯自 : この勇者が俺ＴＵＥＥＥくせに慎重すぎる
ISBN 978-957-564-738-4(第1冊 : 平裝)

861.57 107022169

Kadokawa
Fantastic
Novels

這個勇者明明超TUEEE卻過度謹慎 1

（原著名：この勇者が俺ＴＵＥＥＥくせに慎重すぎる 1）

2019年2月27日 初版第1刷發行
2020年1月10日 初版第2刷發行

作者：土日月
插畫：とよた瑣織
譯者：謝如欣

發行人：岩崎剛人
總經理：楊淑媄
資深總監：許嘉鴻
總編輯：蔡佩芬
編輯：蘇涵
美術設計：莊捷寧
印務：李明修（主任）、張加恩（主任）、張凱棋

發行所：台灣角川股份有限公司
地址：105台北市光復北路11巷44號5樓
電話：（02）2747-2433
傳真：（02）2747-2558
網址：http://www.kadokawa.com.tw
劃撥帳戶：台灣角川股份有限公司
劃撥帳號：19487412
法律顧問：有澤法律事務所
製版：尚騰印刷事業有限公司
ISBN：978-957-564-738-4